KB138259

BBULMEDIA

BBULMEDIA

암천루

암천루

1판 1쇄 찍음 2017년 1월 24일
1판 1쇄 펴냄 2017년 2월 3일

지은이 | 산수화
펴낸이 | 정 필
펴낸곳 | 도서출판 **뿔미디어**

편집장 | 문정흠
기획 · 편집 | 선우은지

출판등록 | 2002년 9월 11일 (제1081-1-132호)
주소 | 경기도 부천시 원미구 소향로 117번길(두성프라자) 303호 (우) 14544
전화 | 032)651-6513 / 팩스 032)651-6094
E-mail | bbulmedia@hanmail.net
비북스 | http://b-books.co.kr

값 8,000원

ISBN 979-11-315-7720-2 04810
ISBN 979-11-315-6313-7 04810 (세트)

※파본은 구입하신 서점에서 교환하여 드립니다.

※이 책은 (도)뿔미디어를 통해 독점 계약되었습니다.
저작권법에 의해 보호를 받는 저작물이므로 무단 전재와 무단 복제를 엄금합니다.

암천루
6
산수화
신무협 장편 소설

차례

1.
참마비사(斬魔秘死)

쩌어엉!

강렬한 쇳소리와 함께 광호가 대검을 휘돌리며 물러섰다.

그의 눈이 날카롭게 변했다. 가늘게 뜨여진 눈동자에는 숨길 수 없는 분노가 가득했다.

"주먹으로 막아내?"

민비화는 뻗어낸 주먹을 천천히 회수했다.

"얼얼하긴 하지만, 맞상대하지 못할 건 아니야."

무척이나 침착한 어조였다. 아군의 분위기가 워낙 독특해서 그런지, 평소의 그녀라면 상상조차 하지 못할 정도로 담담한 말투였다. 광호가 으르렁거렸다.

"어디, 다음에도 혈황검(血荒劍)을 막을 수 있을지 보겠다."

혈황검.

다섯 자가 넘어가는 길이의 대검으로, 검신에 마기가 일렁이는 절세의 마병이다. 마도(魔道)에서 전설처럼 회자되는 마검(魔劍)이니만큼 그 강도와 날카로움은 상상을 초월한다.

민비화의 눈에도 미약한 긴장이 떠올랐다.

'진짜로 온다.'

주신문법과 법신장체 자체가 불가의 공부이니만큼 항마(降魔)에 무척이나 능하다. 그러나 아무리 진기의 상성에서 유리하다 한들, 상성마저 덮어버릴 공격이라면 위험한 건 여일하다. 하물며 전설의 마검까지 들고 설치는 데야 여유 있게 상대할 수는 없다.

파악!

엄청난 속도로 질주해 온 광호가 혈황검을 일도양단(一刀兩斷)의 기세로 찍어간다. 단거리를 질주하는 탄력이 그야말로 경지에 이르러 있었다. 그 힘까지 받아낸 혈황검의 일참이라면 실로 무시무시한 공격.

민비화의 손이 뱀처럼 움직였다.

따다당! 콰앙!

혈황검이 엄한 땅을 찍어버렸다. 광호의 눈가가 일그러진다. 찍어내는 참격, 하물며 대검의 공격이라면 얼마나 빠르고 강렬한 일격이겠는가. 그 일격을 피해낸 것도 모자라 일장(一掌)으로 검신을 두들겨 튕겨낸 것이다.

'근접전!'

쉬이익!

순식간에 파고들어 주먹을 휘두른다. 검권을 뚫고 박투의 공간으로 영역을 재창조한다. 민비화의 주먹이 눈부신 속도로 광호의 상체를 두들겼다.

퍼버벅!

찡하고 아픔이 몰려온다. 민비화가 당황해서 몸을 낮추고 좌측으로 물러났다. 출렁이는 머리카락이 그 위를 지난 혈황검에 수십 가닥 잘려 나갔다.

그녀는 가볍게 호흡을 고르며 손을 털었다.

"몸뚱이가 단단하군."

주신문법으로 선대의 무공을 이어받아 단련된 주먹이었다. 섬섬옥수라 하나 진기의 효용으로 강철과 같은 위력을 발휘하는 권력(拳力)일진대, 광호에게는 별 타격을 주지 못했다.

광호는 눈살을 찌푸리며 이리저리 몸을 돌렸다. 치명상은 아니지만, 상당한 통증을 받은 모양이다.

"혈황검을 튕겨냈을 때부터 알아봤어야 했는데. 그 손, 어찌 된 거냐?"

"알 바 아니잖아?"

무척이나 간단하고도 건방지기 짝이 없는 어조였다. 세 살배기 어린애부터 팔십 먹은 노인장까지, 남녀노소를 불문하고 분노할 만한 말투였다.

광호의 몸에 마기가 물씬 치솟았다. 진심으로 화가 난 것이다.

"법왕교, 옛날부터 별것도 아닌 것들이 젠체하는 게 영 아니꼬웠더랬지. 잘됐어. 아예 두 쪽을 내주마."

새하얀 검지가 허공에서 까딱였다.

"해봐."

"이년!"

파바박!

이전보다 더 빨라졌다. 쏘아지는 신형에 어울리는 대검의 공격. 비사림의 작은 주인, 광호가 펼치는 진마오검(眞魔五劍)의 혈운참(血雲斬)이었다.

위험천만한 일격이었다. 민비화의 몸이 누가 잡아끈 것처럼 뒤로 쭉 밀려났다.

콰앙!

폭발하듯 비산하는 먼지를 뚫고 또다시 마귀가 질주한다. 온몸에 마기를 흩뿌리는 모습이 실로 귀신과 같다. 동시에 양손으로 쥔 혈황검이 무시무시한 일격을 쏘아냈다.

콰지직!

거대한 나무 한 그루가 밑동부터 박살 나 쓰러졌다. 놀라운 위력이지만, 정작 상대는 공격을 맞지도, 받지도, 흘리지도 않았다.

민비화의 신형이 기우뚱하며 쓰러지는 나무의 몸을 타고 올라 허공 높이 올라갔다. 기괴한 신법이었다.

"이 쥐새끼 같은!"

화아악!

끝까지 따라붙는다. 붉은 안개를 흘리며 똑같이 나무를 타고 올라선 그가 혈황검을 수평으로 그었다. 바위도 우습게 갈라 버릴 일격이었다.

민비화의 눈동자에 은은한 금광이 떠올랐다.

쉬리리릭!

"엇?!"

광호의 경호성이 터졌다. 허공 높은 곳, 움직일 수 없는 곳까지 올라선 그녀를 보고 속으로 비웃은 것도 잠시였다. 도대체 어떤 무공을 어떻게 연성했는지, 허공에서 엄청난 속도로 쏘아지고 있었다. 대검을 채 휘두르기도 전이었다.

그녀는 오른팔을 뻗어 그대로 광호의 목을 끼고 천근추(千斤墜)를 발휘했다.

휘아악!

추락이다. 중심조차 못 잡을 속도였다.

광호의 눈에 급박함이 어렸다. 얼마나 목을 세게 조이는지 풀어내기는커녕, 숨통이 터질 것 같았다. 그는 팔꿈치와 검병으로 민비화를 떨쳐 내려 했지만,

그녀의 몸은 광호의 등 뒤에서 고양이처럼 움직여 그의 난잡한 공격을 전부 피해냈다.

너무나도 짧은 순간, 그녀는 왼손의 검지를 세워 광호의 뒷목을 찍었다. 마혈이다. 광호의 몸이 순식간에 굳었다.

콰아앙!

그 높은 곳에서 뒤통수부터 떨어진 광호였다. 민비화의 몸은 산뜻하게 대지를 굴러 오 장 너머의 거리에서 일어섰다. 제법 충격은 받았지만, 낙하 시에 진기로 몸을 방비한데다 광호의 몸을 박차고 날아갔기에 무사할 수 있었다.

놀라운 임기응변, 기가 막히는 전투법이다.

실전의 모자람으로 말미암아 단순히 배운 무공으로만 승부를 보려던 과거의 그녀가 아니었다. 혜정 대사의 가르침을 받으며, 또한 강비와 백단화의 비무를 보며 그동안 자신이 얼마나 순진하게 싸웠는지 깨달은 그녀였다.

무를 알아가는 비무라면 모르되, 실전에서라면 쓸 수 있는 모든 수를 사용한다. 심리전은 물론, 환경까지 이용한다. 그녀는 이제 진정한 절정고수의 면모를 보여주고 있었다.

그녀는 목을 이리저리 돌렸다. 뻐근한 것이 사나흘은 갈 것 같았다. 그래도 이 짧은 시간에 비사림의 작은 주인을 무력화시킨 대가라 한다면 무척이나 싸게 먹힌 부상이다.

민비화가 백 명의 마인을 상대로 사자처럼 날뛰는 백단화에게 달려가려던 그때였다.

"…아직 안 끝났어."

그녀의 몸이 천천히 뒤로 돌아갔다.

그곳에는 자욱하게 일어난 먼지 사이로 일어선 마귀 한 마리가 있었다. 얼굴 전체가 피로 물든 진짜 마귀.

"마혈까지 짚었는데 어떻게 움직일 수 있지?"

"그깟 혈도 푸는 데에 시간 잡아먹을 내가 아니다."

"그래, 덕분에 잘 추락했군."

"씹어 먹을 년!"

본래 험한 말을 좋아하진 않지만, 강비와 워낙 같

이 지내다 보니 그녀도 그의 영향을 안 받을 수 없었다. 특히 적을 앞에 두고 펼치는 설전은 나름 승부에 영향이 크다는 걸 깨달은 그녀였다.

격장지계, 알고서도 당할 수밖에 없는 심리전을 그녀는 제대로 배웠다.

"너 지금 머리에 피 나. 알고 있어? 그냥 얌전히 쓰러지지그래?"

"네년을 찢어 죽인 다음에 쉬도록 하지."

침착하고 냉정하기로 소문이 난 광호이지만, 민비화에게 일격을 허용하니 분노를 감출 수 없었다. 아무리 법왕교의 소교주라 하나 자신보다 한참이나 어린, 그것도 약해 빠진 여인이라 생각하고 있었기 때문이다.

민비화의 눈에 다시 한 번 금광이 번뜩였다. 법신장체의 진기를 끌어오고 있는 것이다.

"다음에는 안 봐준다."

"이년!"

광호가 다시 한 번 질주하고, 눈에만 떠올랐던 금광이 민비화의 손에도 떠오르기 시작했다. 작정하고 공격하겠다는 의지였다.

두 사람의 신형이 빠른 속도로 가까워졌다.

*　　　　*　　　　*

파아앙! 파아앙!

연신 휘몰아치는 주먹세례에 천랑군주는 정신을 차릴 수 없었다.

'이게 도대체?'

불신에 불신을 더한 눈빛을 머금은 천랑군주와 달리 강비의 눈은 냉정한 화염으로 타오르고 있었다. 오로지 섬멸을 위한 안광.

냉정한 계산력, 불타는 분노, 그리고 호승심이 몸을 달군다.

휘리릭! 퍼억!

허공을 휘도는 선풍각(旋風脚)의 일격이다. 재빠르게 팔을 몸에 붙여 내공 방벽을 세우지 않았다면 뼈가 상했을 공격이다.

'이놈이!'

공중에 뜬 강비. 그럼에도 허점이 없다.

그냥 봐줄 수는 없다. 여유를 갖게 할 수 없다는 판단에서였다.

천랑군주의 좌수가 미친 듯이 꿈틀거리며 강비에게 쇄도했다.

쐐애액! 퍼어엉!

강비가 한 바퀴 휘돌며 아래로 떨어졌다. 그러나 그것은 천랑군주의 절기, 참뢰장에 직격을 당해서가 아니었다. 오히려 그 장력을 맞받고, 부신(浮身)의 요결로 몸을 띄워 파괴력의 대부분을 상쇄시킨 것이다.

더 놀라운 일은 하강하는 와중에 일어났다.

터엉!

땅에 닿지도 않았는데 무시무시한 속도로 방향을 바꾸어 쏘아져 온다. 그 속도가 실로 빛살과 같다. 두 사람의 거리를 엄청난 속도로 접어버리며 야수처럼 손을 뻗어내는데, 손끝에서 느껴지는 살기가 가공할 만했다.

천랑군주의 눈이 찢어질 듯 번쩍 뜨였다.

'허공답보(虛空踏步)?!'

그것은 경신술의 전설적인 경지인 허공답보라 하기에는 부족한 점이 많았다. 그러나 또한 달리 표현할 말도 없었다. 허공을 질주하는 무인. 세상 어디서 이와 같은 광경을 보겠는가.

목덜미까지 도달한 손아귀를 겨우 피해낸 천랑군주가 다시 한 번 좌장(左掌)을 질렀다. 불길이라도 타오르는 듯 일렁이는 기가 강비 못지않은 살의를 담았다.

강비의 팔이 그대로 접히며 아래로 찍혔다.

콰앙!

강렬한 폭음과 함께 두 사람이 각자 다섯 걸음을 물러섰다.

눈살을 찌푸리며 팔을 터는 강비와 달리 천랑군주는 침중하게 굳은 눈으로 그를 노려보았다. 그의 손 역시 고통으로 붉게 달아올랐지만, 그보다 더 놀라운 광경에 고통을 해소할 생각이 없는 듯했다.

"너… 강해졌군."

일 년이 채 되지 않는 시간이었다. 짧다고도, 길다

고도 하기 힘든 시간. 그러나 한 무인이 이 정도로 성장하기에는 턱도 없이 모자란 시간이었다.

강비는 굳이 답하지 않았다. 천랑군주는 철마신에 못지않은 상대였다. 아니, 더 까다롭기까지 하다. 말할 체력도 아껴야 잡을까 말까 한 대호(大虎)인 것이다.

'무조건 근접전으로 가야 한다.'

권법이든 장법이든, 궁극의 경지에 오른 자라면 허공을 격하고 상대를 살상할 수 있지만, 아무리 그래도 병장기를 든 무인보다 접근해서 전투를 벌여야 함이 마땅하다. 그러나 천랑군주의 무공은 거리를 벌릴수록 위험하다.

참뢰장. 이 기가 막힌 무공은 마도의 절학이라는 사실이 무색할 만큼 뛰어난 오의를 담고 있는데, 가장 큰 특징이라 한다면 그 속도에 있다. 번개와도 같은 빠름으로 단숨에 상대를 박살 내는 장법. 그 위력이야 불문가지였다.

더욱 독특한 것은 거리를 벌릴수록 참뢰장의 속도가 자유자재로 변화한다는 거였다. 눈앞에서 질러진 것처럼 빨라질 수도, 십 장 밖에서 지른 것처럼 느려질 수도 있다. 참뢰장이 무서운 이유는 그와 같은 속도의 무한한 변화에 있었다.

서로가 서 있는 위치 사이의 공간이 커질수록 전투의 양상은 천랑군주에게로 유리하게 돌아갔다. 아예 무공을 펼칠 시간조차 주지 않고 몰아붙이든지, 아니면 이전에 내단을 폭발시켰을 때처럼 압도적인 힘과 속도로 초장부터 눌러 버려야 하는 것이다.

당연히 그때 그 당시와 같은, 목숨을 건 요행은 통하지 않을 테니, 답은 하나뿐이다.

'일단은 백타(白打) 싸움이 되겠군.'

강비는 땅에 용아창을 꽂았다.

천랑군주의 눈썹이 꿈틀거렸다.

"병장기를 놓는다? 설마 허리춤에 달랑이는 그 장검을 뽑아 들 생각은 아닐 테고, 나와 권장박투라도 벌이고 싶은가?"

강비는 여전히 대답하지 않았다. 다만, 장검 역시 검갑째로 뽑아 땅에 박아 넣을 뿐이다.

이로써 거슬리는 것 하나 없는 완벽한 맨손이 되

었다.

"내 말이 말 같지 않은 건가?"

"시끄러워."

툭 내뱉는 말투에 인정사정없는 짜증과 분노가 한가득했다. 천랑군주는 울컥 치솟는 울화를 느꼈다. 칠군주 중 가장 냉정하고 전술에 능하다는 그이지만, 이상하게도 강비를 대할 때는 제 감정을 주체하기 힘들었다. 한참이나 어린 녀석에게 당한 과거가 있기 때문이리라.

"피떡이 되고도 내 말을 무시할 수……."

콰아아앙!

강비의 몸이 다시 한 번 천랑군주에게 쏘아졌다. 투신보, 그 전투적인 보법으로 환상처럼 다가서는 그를 보며 천랑군주는 다시 한 번 분통을 터트렸다.

이놈은 어른이 말하는데 답도 안 하는 주제에 끊기까지 하는, 버릇없는 놈인 것이다. 죽일 이유가 하나 더 늘었다.

콰앙! 콰아앙!

주먹과 장이 부딪치는데 폭음이 터졌다. 내지르는

손과 발에 극도의 내공을 응축시키는 두 사람이었다. 평범해 보이는 손이지만, 일격에 바위조차 우습게 부숴 버릴 거력이 가득한 것이다.

콰앙! 콰앙! 콰앙!

폭음은 갈수록 심해졌다. 그 충격에 가까운 소음에 제각기 전투를 치르던 이들이 힐끗거릴 정도였다.

강비는 시종일관 천랑군주의 품으로 파고들었다. 거리를 벌릴 일체의 여지를 주지 않는다. 그 짧은 거리에서 주먹을 뻗고, 팔꿈치로 찍고, 손끝으로 할퀴고, 손가락으로 찌르는 온갖 수법을 전부 개방했다.

타앙!

장과 장이 부딪칠 때는 날카로운 소성이 들렸다. 천랑군주의 눈에서 희미한 광채가 흘러나왔다. 초근접전의 양상이 되자, 그 역시 마음이 급해진 것이다.

'이놈, 날 상대할 방법을 알고 있어!'

제아무리 수준 높은 고수라도 권장 절기를 상대할 때는 무조건 거리를 벌리려고 할 것이다. 그것은 상식을 넘어 일종의 진리에 가까웠다.

그러나 강비는 그러지 않았다. 흔한 사실을 단번에

깨부술 정도로 그의 머리가 열려 있다는 뜻이다. 상대의 무공을 꿰뚫어 보는 안목에, 강인한 자신(自信)과 배포가 있어야만 가능한 판단이다.

'하지만 아직 멀었어!'

폭풍처럼 몰아치는 연환팔권(連環八拳)을 모조리 흩어내자마자 슬격(膝擊)으로 상타(上打)를 먹였다. 절기인 장법으로 상대의 신경을 익숙하게 만든 후, 기습적인 공격으로 허를 찌른 것이다.

퍼억!

'젠장.'

울컥, 넘어오려는 핏물을 겨우 삼킨 강비는 뒤로 물러서며 끝까지 주먹을 질렀다.

펑!

주먹은 닿지 않았지만, 권풍(拳風)은 닿았다. 천랑군주 역시 옆구리에 일격을 당하고 비칠비칠 물러섰다. 비슷한 수준의 내상을 입었다. 강비는 아쉬워했고, 천랑군주는 분노했다.

"이놈!"

허공에 질러지는 십이장(十二掌).

진동이 옆구리에서 내장을 뒤흔들고 있음에도 그것을 다독일 생각 없이 참뢰장을 발출한다.

스스로의 안전을 돌보지 않고 상대의 죽음을 위해 쏟아내는 무공.

천랑군주가 강비에게 얼마나 분노하고 있는지를 잘 보여주는 장면이었다.

"제길!"

콰콰쾅! 터어엉!

각기 다른 속도의 열한 개의 장력은 남다른 반사신경으로 피해냈지만, 남은 하나는 온전히 그러질 못했다. 그의 왼쪽 정강이 바깥쪽 의복이 가루가 되어 휘날렸다. 스치듯이 맞았지만, 파괴력을 여실히 느낄 정도는 충분했다.

벌어진 거리, 주춤거리는 발.

천랑군주의 입가에 회심의 미소가 어렸다.

"이 쥐새끼 같은 놈!"

그의 양팔이 허공에 무수한 잔영을 만들어냈다.

수를 헤아리기 어려운 장영(掌影)이 해일처럼 밀려들어왔다.

전면을 가득 메운 진기의 벽.

어떤 것은 빠르고, 어떤 것은 느리며, 어떤 것은 와선을, 또 어떤 것은 호선을 그린다.

정면으로 뚫을 수 없는 공격이었다. 강비는 별수 없이 뒤로 물러서며 양 주먹을 미친 듯이 쏟아냈다.

퍼퍼퍽!

패왕진기를 극한까지 끌어 올려 장력을 터트렸지만, 그중 세 개의 장력이 그의 몸을 스치고 나아갔다. 그 와중에도 용케 직격타를 허용하지 않은 강비의 몸놀림은 경탄이 나올 만한 것이었으나, 상황은 점점 그에게 불리하게 돌아갔다.

한 번의 실수가 승부의 추를 기울게 한다. 그 기울어지는 각도는 고수일수록 심하다. 손톱만큼의 내공으로도 승부가 갈리는 것이 초고수들 간의 접전일진대, 그것이 강비나 천랑군주 정도가 되면 더욱 심해질 수밖에 없었다.

천랑군주의 신형이 번개처럼 강비의 위쪽에서 나타났다. 발이 빠른 건 강비의 전유물이 아니었다. 그의 속도 역시 일전에 느낀 것처럼 엄청나게 빨랐다.

그의 양손이 마지막 장력을 해소하던 강비의 백회혈을 조준했다.

'끝이다.'

호흡부터 속도까지 모두 한 수 앞질렀다. 이 버르장머리 없는 놈을 박살 낼 수 있겠다고 생각하니, 천랑군주의 입가에도 흡족한 미소가 어렸다.

후우웅!

찰나에 찰나를 쪼갠 그 순간.

강비의 눈에 불꽃같은 정광이 어리고, 그의 손이 스치듯 가슴을 훑으며 하늘을 향했다. 두 자루의 비수가 섬광처럼 천랑군주의 목과 복부를 향해 쏘아졌다.

깜짝 놀란 천랑군주가 몸을 틀었다. 자유자재는 아니지만, 그 역시 허공에서 어지간한 몸놀림은 충분히 구사할 만한 고수였다.

픽! 픽!

하늘 끝까지 쏘아질 기세로 날아간 비수 두 자루가 천랑군주의 장포 자락을 뚫었다. 순간적으로 담아낸 내공 때문에 장포 끄트머리가 갈가리 찢겨 나갔지만,

천랑군주에게 상처를 주진 못했다.

반전은 그때 일어났다.

피유우웅!

공기를 찢어발기며 날아간 용아창이 천랑군주를 향해 짓쳐 들었다. 그 속도는 실로 번개를 방불케 했다.

"억?!"

와선을 그리며 쏘아진 용아창은 비수와 비슷한 속도를 냈지만, 파괴력에서는 감히 비교조차 할 수 없었다. 마치 한 마리 용이 아가리를 벌리고 나아가는 듯 살벌한 위압감까지 들었다.

'이건 피할 수 없다!'

참뢰장의 공력을 한가득 끌어낸 그는 휘몰아쳐 오는 용아창의 창대를 쥐었다.

카카카카캉!

계속 뚫겠다는 듯 용아창의 전진은 멈추지 않았다. 천랑군주의 몸 역시 쏘아진 방향 그대로 튕겨 나갔다. 용아창에 걸린 진기의 묵직함이 상상을 초월했기 때문이다.

느닷없이 용아창을 쏘아낸 사람.

위진양이었다.

그는 끝장을 보겠다는 듯 전권을 이탈해 천랑군주에게 날아오고, 강비의 몸이 교차되듯 위진양의 반대편으로 날아가 유령군주에게 쏘아졌다. 마치 합이라도 맞춘 듯 절묘한 몸놀림들이었다.

깜짝 놀란 유령군주의 눈앞에 강비의 붉은 안광이 확대되듯 나타났다.

콰앙!

'큭!'

묵사검(墨死劍)의 검배로 막았지만, 작정하고 지른 야왕신권의 권력을 전부 해소할 수는 없었다. 유령군주의 몸이 튕겨지듯 뒤로 날아가고, 강비의 손이 오른쪽 허리춤을 훑었다. 탄성 좋은 채찍이 그의 손에 잡혔다.

휘리릭!

날아가는 유령군주의 왼쪽 발목을 그대로 둘둘 마는 채찍이다. 강철 같은 내공으로 묶인 채찍은 신검보도라도 쉬이 잘라낼 수 있을 것 같지가 않았다.

느닷없는 공격에 유령군주가 당황할 때, 강비는 채

찍의 손잡이를 땅으로 던진 후 품에서 비수 하나를 더 꺼내 찍어 고정시켰다. 번개 같은 손놀림이었다. 동시에 등 뒤로 멘 짧고 예리한 왜도(倭刀) 한 자루를 꺼내 질주했다.

일련의 동작들이 너무도 부드럽고 경쾌하여 하나의 초식처럼 보일 지경이었다. 당연히 그래야 하는 것처럼, 애초에 내 상대가 너였다는 것처럼 혈투의 대상이 뒤바뀌었다.

절묘하기 짝이 없는 두 사람의 맹공. 부동철심의 군주들이라 한들 당황하지 않을 수 없다.

유령군주가 물러나며 묵사검으로 채찍을 내려쳤다. 살수의 기예고 뭐고, 쓸 상황이 아니었다.

까아아앙!

철이라도 되는 것처럼 묵사검과 채찍 사이에서 날카로운 굉음이 터졌다. 아직까지도 채찍에는 강비의 패왕진기가 깃들어 있지만, 묵사검을 막을 정도는 아니었다. 그러나 묵사검이 채찍을 가르기도 전에 강비의 권풍이 날아와 묵사검의 검로를 흐트러트렸다. 그가 얼굴을 일그러트릴 때, 어느새 다가온 강비가 도를 휘둘렀다.

사아악! 쩌어어엉!

'빨라!'

강비의 칼은 빨랐다.

정말이지, 미친 듯이 빨랐다. 천랑군주의 참뢰장이 쾌공으로는 천하에서 손에 꼽힐 절학이라 하나, 강비의 칼놀림도 그에 크게 뒤지지 않을 만큼 빨랐다.

쩌저정! 쩌엉! 쩌엉!

휘몰아치는 도격(刀擊)의 연환 속에서 유령군주는 정신을 차릴 수가 없었다. 발목에 묶인 채찍을 풀어야 하는데, 어찌나 내공을 깊게 박아 넣었는지 풀릴 기미가 보이지 않았다. 발이 묶인 채 싸우는 것, 곧 본신의 기량을 제대로 낼 수 없다는 뜻이다.

"크아압!"

그답지 않게 기합까지 내지른 유령군주가 기기묘묘한 동선으로 묵사검을 휘둘렀다. 정통 무공의 강렬한 기세가 아닌, 마공과 살수 기예가 섞여 음험함이 물씬 풍기는 검격이었다.

'위험!'

살랑.

장포의 끝자락이 잘려 나갔다. 자칫 잘못했으면 발목이 날아갔을 터, 등골이 오싹한 순간이었다. 발목 하나가 묶인 상황에도 찰나의 틈을 노려 본신 무공을 풀어내는 능력. 가히 천재적이다. 더불어 검법 자체의 수준도 지극히 뛰어나 함부로 맞받을 만한 것이 아니었다.

과연 칠군주 중 한 명이자 무공에 걸맞은 관록이었다.

강비는 내색 한 번 않고 몸을 돌려 손가락을 튕겼다. 날카로운 지풍(指風) 두 줄기, 야왕신권의 오익사(烏翼射) 두 발이 쏘아졌다.

피유우웅! 쩌엉!

다시 한 번 귀영검식(鬼影劍式)을 펼치던 유령군주는 기겁했다. 휘두르는 묵사검이 강비의 우측 쇄골로 떨어지기 직전, 채찍으로 나아간 지풍 두 줄기가 침투경의 묘리로 그의 발목을 뒤흔들었다. 자연스레 자세가 무너지고, 쇄골로 떨어지던 묵사검은 강비와 한 자나 떨어진 허공을 베었다.

편법이라 해도 무방할 만한 짓, 정당한 승부라고 보기 민망할 만큼 거침없는 수법이었다.

방식은 최하일지언정 효율은 최고도를 달린다. 강비의 신형이 급속도로 파고들며 순식간에 이십사도(二十四刀)를 휘둘렀다.

쩌저저정! 서걱!

자세가 무너진 상황에서도 용케 쾌도(快刀)를 막았지만, 마지막 한 칼을 막지는 못했다. 소름 끼치는 예리함이 유령군주의 허벅지를 그었다.

솟구치는 피.

뼈에 이르진 않았지만, 근육의 줄기를 베였다. 유령군주의 얼굴이 흉신악살처럼 일그러졌다.

"이 비겁한 놈이!!"

"싸움질에 비겁한 게 어디 있나!"

한결 여유로워진 싸움이다. 왼쪽 발목의 채찍은 지풍을 맞아 흐물흐물해졌지만, 오른쪽 허벅지를 베었으니 운신에 지장이 생긴 건 똑같다. 신기에 이른 은신술과 보법으로 상대를 격살하는 유령군주의 장점을 확실하게 앗아간 것이다.

살아생전 이리 밀려본 적도, 이런 싸움 방식도 겪어보지 못한 유령군주다. 나이가 많고 관록이 있다지만, 이건 경험이 많다고 어떻게 해볼 종류의 싸움이 아니었다. 부동철심을 자랑하던 유령군주, 마침내 그의 마음에도 한 줄기 금이 가기 시작했다.

"씹어 먹어도 시원찮을……!"

욕설을 내뱉던 유령군주가 기겁하여 몸을 틀었다. 강비가 허벅지에 장착한 철정 하나를 미간으로 쏘아낸 것이다.

어떻게든 피했지만, 허벅지에서 이는 고통이 심하다. 그의 얼굴이 더욱 일그러지고, 틈을 찾은 강비의 칼이 전방위를 점하고 환상처럼 쏟아져 내렸다.

광룡창식, 광룡화란(狂龍禍亂).

광룡마도(狂龍魔刀), 광룡난격살(狂龍亂擊殺)이다.

적색의 반월(半月) 수십 줄기가 허공을 가득 메우며 소나기처럼 쏟아졌다. 그 가없는 참격술의 앞에서 유령군주는 아득해지려는 정신을 겨우 다잡았다.

쩌저저정! 퍼퍽!

귀영검식의 음험함으로 절반 이상의 도기를 튕겨냈지만, 나머지는 어떻게 할 수가 없었다. 피해내고 흘려냈으나, 몸으로 받아내야만 하는 참격도 꽤 많았다.

콰아악!

온몸으로 피를 뿜어내는 유령군주.

전신이 거미줄과 같은 혈선(血線)으로 도배가 되었지만, 용케 죽지는 않았다. 진기의 방벽으로 참격의 위력을 최대한 소실시킨 것이다. 강비는 속으로 감탄했지만, 이 역시 내색치 않았다.

"이노옴!"

화끈거리는 상처를 무시한 유령군주. 내상이고 출혈이고 신경 쓸 틈이 없다.

파라락!

소리를 내며 그의 신형이 쭉 늘어났다.

두 발이 온전하다면 정말 눈이 튀어나올 만한 보법이었을 것이다. 허벅지 근육이 찢어진 상태라 전력을 낼 수 없을 텐데도 확대되듯 빨려 들어오는 신형의 쾌속함이, 안개처럼 다가서는 은밀함이 대단했다.

'미리 다리를 봉쇄한 게 천만다행이군.'

허를 찔러 발목을 묶은 것, 발목에 충격을 가해 자세를 흐트러트리고 허벅지를 베어낸 것, 그 모두가 더할 나위 없이 올바른 공격이었다.

하지만 아직 승리를 쟁취하기에는 이른 감이 있었다.

도를 양손으로 쥐고 다가오는 공격을 되받아치려던 그때였다.

우우웅.

안온한 미풍이 귀밑 머리카락을 살짝 뒤로 넘기는 걸 느낀 강비는 기겁하여 바닥을 굴렀다. 보법이고 뭐고 펼칠 새가 없었다.

콰아앙!

아무런 기척도 없이 날아온 장력 한 줄기가 저 멀리 땅바닥을 터트렸다. 굉장한 위력이다.

벌떡 일어선 그가 다시 한 번 칼을 쥐고 유령군주를 바라보았을 때, 유령군주의 손이 다시 한 번 강비에게 뻗쳤다.

'아무런 기척이 없… 젠장!'

피할 수 없는 뭔가가 다가온다.

무음무형무세(無音無形無勢)의 장법.

실로 유령과 같은 힘이다. 본능적으로 피할 시간이 없음을 깨달은 강비는 광룡도를 펼쳐 냈다.

쾅!

그의 입에서 댓줄기 같은 핏물이 터졌다. 도법의 전개 시간이 짧아서 제 위력을 낼 수 없던 것이다.

'제길, 방심을 하다니!'

다리 하나를 봉쇄했다고 여유를 가진 게 실책이었다. 한 번 몰아붙일 때, 아예 무공을 펼칠 틈도 주지 않고 끝장내 버렸어야 했다. 이런 괴이한 장법을 펼쳐 내리라고는 상상도 하지 못했다.

들끓는 기혈을 다독이는 그를 보며 유령군주의 눈이 은은한 묵광을 발했다.

"대단한 녀석이군. 음혼장(陰魂掌)을 용케 막았어."

파고드는 유령군주의 내력은 혼탁하고 음험했으며, 무척이나 차가웠다. 홀연히 일어난 패왕진기가 침투하는 마기를 억제하고 다시 체외로 방출시켰지만, 그 와중에 입은 내상이 상당했다.

기울어지던 승부의 추가 다시 엇비슷한 평행을 이루었다. 굳이 따지자면 유령군주가 더 손해를 보았지만, 쉽사리 이길 수 있는 상태도 아니었다. 하물며 유령군주는 희대의 살수. 거리를 벌렸으니 살수다운 전략으로 되돌아갈 터.

스르릉.

강비는 등 뒤에 남은 칼 하나를 더 뽑아냈다. 쌍도(雙刀)를 든 강비. 왼손의 칼은 역수(逆手)로 쥐었다.

붉게 이글거리는 동공에 힘이 실린 그를 보며 유령군주는 슬그머니 뒤로 물러섰다. 그의 몸이 안개처럼 흩어지며 강비의 시야에서 사라졌다. 흐르는 핏물 덕택에 제대로 은신술을 쓰진 못하겠지만, 정면 승부보다는 더 나으리라는 판단이었을 터다.

“이차전을 시작해 볼까?”

*　　　　*　　　　*

‘상당하군.’

비수를 쥔 마인 하나의 목을 꺾어버린 백단화는 조직적으로 다가오는 그들을 냉정하게 바라보았다.

'가볍게 볼 수 없겠어.'

한 명, 한 명의 실력은 감히 그녀에게 비할 수 없지만, 그렇다고 마냥 무시할 만한 수준도 아니었다. 이미 열셋을 죽였으나 아흔에 가까운 숫자가 남았고, 더불어 체계적인 진법을 펼치며 다가오고 있다.

'쉽게 볼 수 없는 싸움이야. 나도 목숨을 걸어야 한다.'

냉정하게 가라앉은 마인들의 눈동자.

칠군주 직속 휘하가 아니었다. 그보다 더 수준이 높은 비사림의 정예 마인들이었다.

상대의 숨통을 끊기 위해 어떤 짓이라도 마다 않을 최악의 부대 중 하나, 비사림이 자랑하는 철마단(鐵魔團)의 마인이 바로 그들이었다.

상대가 아리따운 여인이라면 조금이라도 우습게 볼 만도 할 텐데, 그런 것도 없다. 냉정하게 가라앉은 눈동자는 만년설처럼 차다. 상대가 어린애든 여자든, 설령 내 동료를 쉽사리 죽인 자든 상관없이 척살을 위해 전신전력을 다하는 것.

백단화의 눈이 칙칙하게 가라앉았다.

'총 오백의 정예라고 들었다. 그러나 여기에 나타난 건 백여 명. 그나마 고마워해야겠군.'

일대일이든 다대일이든 집중력과 체력이 중요시되겠지만, 특히 이 다대일 같은 경우, 다(多)보다 일(一)의 체력이 훨씬 중요시된다. 차륜전(車輪戰)이 무서운 이유가 바로 이 체력을 깎는 데에 있는 것 아니던가.

후우웅!

백단호의 주변으로 차가운 바람이 휘몰아쳤다.

설풍무(雪風武), 설화무(雪花武).

강호에 알려지지 않았으나 무공 자체는 강호 정상급을 달리는 공부다. 구파일방의 절기들에 못지않은 무공이며, 기괴함과 살상력으로는 오히려 한 수 앞선다 해도 과언이 아니었다.

그렇지 않아도 추운 날씨에 그보다 더 차가운 바람이 철마들의 사이를 비집고 들어갔다. 철마들의 몸이 저절로 떨려온다. 흘리는 기도 자체가 서릿발 같으니,

긴장을 해야 되는 건 그들 역시 마찬가지였다.

묘한 대치 상태가 이어졌다.

역동적인 싸움으로 굉음에 가까운 소리를 내는 다른 이들의 전투와 달리, 이 전투는 고요하고 긴장감이 넘쳤다. 아흔 명의 철마가 내뿜는 살기에 백단화는 함부로 공격 지점을 찾아내지 못했고, 철마들 역시 극상승에 이른 고수를 어찌 공략해야 할지 제대로 판단할 수 없던 것이다. 이미 열이 넘는 동료들이 저 섬섬옥수에 목이 꺾여 죽었으니, 선불리 다가설 수 없었다.

"……."

정적의 시간은 길었다.

빠져나갈 틈 없이 에워싼 철마들은 백단화의 움직임에 집중했다. 손가락 하나 까딱하는 것까지 파악할 기세다. 그런 시선이 모이고, 모이자 천하의 백단화도 당황하지 않을 수 없었다.

'부담스럽군.'

스르륵.

휘날리는 바람.

차가운 겨울바람에 철마들은 천천히 움직였다.

백단화를 향해서가 아니었다. 여섯 겹으로 둘러싼 원형의 진을 수레바퀴처럼 돌기 시작한 것이다.

철마들의 선택.

천천히 움직이는 그들의 움직임이 무엇을 뜻하는지 백단화는 알 수 있었다.

'진법(陣法)을 펼치려 하는가. 비사림의 진법이라……. 그것도 철마단이 펼치는 진법이라면 홍열소진(鴻列燒陣)과 비차예혼진(泌車銳魂陣), 둘 중 하나인데…….'

돌아가는 모습을 보아하니 아무래도 홍열소진보다는 비차예혼진인 것 같았다. 그러나 진법의 이름은 알아도 어떻게 공격이 들어올지는 모른다.

백단화의 몸에서 은은한 백광이 흘러나왔다.

사라락.

일열은 우측으로, 이열은 좌측으로. 그렇게 여섯 개의 열이 서로 반대되는 방향으로 수레바퀴처럼 휘돌았다. 일정한 박자로 움직이는 철마들. 각고의 노력으로 연성했음을 알 수 있는 움직임이었다.

그녀의 손이 먼지를 털어내듯 허공을 찍었다.

퍼어엉!

한차례 진이 출렁였다. 그러나 그들의 움직임에 변화는 없었다. 가볍게 보이는 동작이지만, 장력에 깃든 음기(陰氣)가 상상을 초월함에도 철마들 중 누구도 피해를 입지 않은 듯싶었다.

백단화의 표정이 점점 굳어졌다.

'마기의 흐름. 서로의 마기를 유통시키며 취약한 부분을 보완하고 있어. 동일한 마공을 익혔다는 뜻. 하지만 저런 걸 용케도…….'

자칫하면 무공을 제대로 펼쳐 보기도 전에 당할 것 같았다.

'차라리 내가 선공을 펼칠 것을.'

신중함이 독이 되었다.

그러나 그녀가 모르는 것이 하나 있었으니, 그것은 철마들 역시 마냥 좋은 상황은 아니라는 것이다. 그들이 펼치고 있는 진법은 비차예혼진으로, 전진소멸의 홍열소진과는 달리 오로지 한 곳의 목표지, 하나의 목표물을 박살 내기 위해 만들어진 진법이었다.

둘러싼 내부의 목표물을 소멸시키기 위해 극도의 집중력과 첨예한 진기의 흐름을 세운다. 그 외의 목표물은 신경 쓰지 않는, 갇힌 목표물만 박살 내겠다는 소리이니, 외부의 충격에는 굉장한 취약함을 보인다.

하물며 오백의 인원으로 펼치는 본래의 진법을 백명으로 축약했으니, 여러모로 문제가 되는 바가 많았다.

회전은 점점 빨라졌다.

그녀의 이마에서 한 줄기 식은땀이 또르르 흘러내렸다. 회전이 빨라질수록 천천히 짓눌러 오는 마기의 압박이 상상 이상이었던 것이다.

더 미치겠는 것은…….

'공격을 할 수가 없다.'

어떤 곳을 공격해도 반탄(反彈)이 될 것이다. 무려 구십여 마인들의 마기가 흐르는 진법이다. 제아무리 그녀의 공력이 순도 높고 방대하다 한들, 이만큼의 숫자 차이가 나면 힘들어질 수밖에 없다.

시간이 지날수록 보이는 빈틈이 사라져 간다. 그곳

에 공격을 쏟아냈대도 충격을 주기 어렵겠지만, 그마저도 사라져 간다. 눈을 빤히 뜨고도 놓치게 되는 것이다.

결국 그녀의 가슴속 깊은 곳에서 생소한 감정이 스멀스멀 기어 올라왔다.

절망감.

지금껏 살아오며 단 한 번도 가져 본 적 없던 감정이다. 그것은 삶에서도, 전투에서도 마찬가지.

'이길 수 있을까? 아니야. 이길 수 없다…….'

눈앞이 캄캄해졌다.

발악이라도 해볼까 생각이 들었지만, 발악해 본들 의미가 없을 것 같다. 그럴 바에야 그저 깔끔한 최후를 맞는 것이 명예롭지 않나 싶었다.

철마들의 마기가 안개처럼 그녀의 몸을 덮었다.

극도의 예민함과 빠져나올 수 없는 절망감에 번갈아 헐떡이던 그녀의 안색이 창백해졌다. 순도가 얕다 하나 마기는 마기였다. 단전에서 잠자고 있던 천산설영기(天山雪影氣)가 요동치며 마기의 침습을 막아갔다.

투둑.

요동치며 마기를 막던 천산설영기가 힘을 잃었다. 한낱 마기 따위에 숨을 죽일 공력이 아님에도, 묘하게 힘을 쓰지 못했다.

그 와중에 한 줄기 천산설영기가 힘없이, 그러나 멈추지 않고 꾸역꾸역 그녀의 백회혈로 올라갔다. 어떻게 해서든 꼭대기를 찍고자 걸어가는 산인(山人)을 보는 듯했다.

마침내 진기가 그녀의 백회혈에 도달했다.

후웅!

백단화의 눈에 순간 광채가 발했다.

'뭐지? 내가 무슨 생각을?'

천산설영기의 차가운 기운이 머리를 뒤흔들자 엄습하던 절망감과 예민함이 씻은 듯 사라졌다. 마치 영성을 가진 기운처럼 주인을 지키기 위해 솟아오른 것이다.

그녀는 순식간에 사태를 파악했다.

'이 진법, 걸린 사람의 혼을 흔든다!'

비차예혼진.

목표물에게 극도의 예민함과 한없는 절망감에 휩싸이도록 만드는 마기의 진법이다. 전투 의지가 사라지고, 패배감에 젖어 이내 무력해진다.

전투가 시작되기도 전에 전의를 꺾어버리는 진법의 묘용.

'큰일 날 뻔했구나. 범상치 않은 진법이다.'

가히 천외천의 경지에 오른 백단화조차 그 마기의 영향을 벗어나지 못한 것이다. 진기의 능력이 이만치 뛰어나지 못했다면 그대로 잡아먹혔을 터. 익힌 무공의 종류 덕택에 기사회생을 한 셈이다.

'감히!'

음습하고도 뜨거운 기운을 떨쳐 내니, 그녀 주변으로 차갑고 순도 높은 백색의 기광이 떠오른다. 무표정하던 철마들의 표정에 약간의 흔들림이 보인다.

정신을 차렸다는 건 비차예혼진의 공격 중 절반을 무효화시켰다는 것과 진배가 없는 사실. 지금껏 실패해 본바 없는 불패의 진법에 균열이 갔다.

백단화의 양손에 모인 한백기(寒白氣)가 대지를 향해 쏘아졌다.

"합!"

콰앙!

순식간에 피어오르는 먼지. 사방으로 퍼지는 한기가 비차예혼진의 마기를 흐트러트렸다.

철마 한 명이 소리쳤다.

"원진살(圓陣殺)!"

빠르게 돌아가는 수레가 멈추고 일열의 철마들이 제각기 병장기를 꺼내 들며 질주했다. 그 많은 인원이 덤비는데도 행동의 제약이 전혀 보이질 않는다. 마치 딱 맞게 재단된 의복처럼, 정확하게 질러지는 병장기들의 합이 정갈해 보이기까지 했다.

카카카캉!

진법 내에 있을 모든 방위에 공격이 떨어졌지만, 그들의 공격은 땅과 허공만을 지를 뿐이었다.

타다닥!

널찍한 대도(大刀)의 칼등을 밟고 허공 높이 날아간 백단화의 몸이 빠른 속도로 회전했다.

퍼버벅!

철마 다섯이 그대로 뒤로 넘어갔다. 그들의 이마에

는 검지 굵기 정도의 구멍이 뚫려 있었는데, 피가 나기는커녕 상처 주변으로 점점 서리가 끼어갔다.

설화무, 설영지(雪影指)였다.

혼신의 힘을 다한 지풍(指風)에 몸이 단단한 철마들이라도 버틸 수 없었다. 백단화의 표정은 여전히 얼음처럼 차가웠고, 내려오며 다시 한 번 쌍장(雙掌)을 휘둘렀다.

콰광! 퍼엉!

병장기째로 셋이 튕겨 날아가고, 둘은 그 자리에서 즉사를 면치 못했다. 죽은 시체에서는 점점 한기가 돋아 서리가 끼었으며, 튕겨 나간 철마들의 손도 시퍼렇게 변했다.

단 두 번의 맞대결로 일곱이 죽고, 셋이 전투 불능에 빠졌다. 그들도 공격을 할 때는 마기의 흐름을 온전히 끊을 수밖에 없던 것이다. 그 틈을 노린 일격, 일격들이 모조리 박혔다.

백단화의 무공이 얼마나 무시무시했는지, 그 강인한 철마들조차 주춤할 지경이었다.

"원진살, 산(散)!"

기묘한 외침에 다시 한 번 진법의 묘용이 변한다.

마치 짠 것처럼 위치와 자세가 정확하던 철마들이 어지럽게 산개한다. 빠르고도 빠른 변화. 그러나 한 번 당한 백단화가 그걸 빤히 보고만 있을 리 없다.

그녀의 고운 손이 한 자루 검처럼 쭉 펴지며 공간을 가로질렀다.

휘이잉! 쩌저저적!

수도(手刀)의 참격으로 날아간 한 줄기 백광이 돌아가던 바퀴의 부품을 쪼갰다. 빙륜참(氷輪斬)의 일격. 멈추지 않고 질주해 간 차가운 달이 철마 둘의 팔을 잘라내고, 한 명의 몸을 세로로 쪼개 버렸다.

철마를 죽인 것이 대단한 게 아니라 진법의 흐름을 찾은 눈과 적재적소에 끊어버린 판단력, 그리고 실행 가능한 힘이 대단한 것이다.

이쯤 되면 제아무리 비차예혼진이라 한들 소용이 없다. 한 번 파훼가 되었으니 오히려 완벽해질수록 격파하기가 손쉬워질 터.

전세 역전이다.

"산개(散開)!!"

이전과 달리 제각기 흩어져서 살기를 피우는 철마들.

백단화는 가볍게 숨을 몰아쉬었다.

초반 진법의 마기로부터 정신을 깨우는 데에 상당히 많은 공력을 소모한 그녀였다. 차오르는 속도보다 빠져나가는 속도가 빠를 터. 이제야 진정한 전투가 시작될 테니 방심은 금물이다.

그때였다.

그녀의 눈에 허공 높은 곳에서 서로 치고받는 민비화와 광호가 보였다. 대개 광호가 공격을 주도하고 있지만, 공격을 흘리며 민비화가 호시탐탐 빈틈을 노려 싸우고 있었다.

한순간, 그녀들의 눈이 마주쳤다.

의미심장한 눈길을 주고받는 둘이다.

"합!"

진기를 피워 올리며 철마 하나의 어깨를 밟고 나아가는 백단화.

어깨가 밟힌 철마가 무릎을 꿇었다. 밟힌 어깨는 뼈가 으스러졌고, 그곳으로 극한의 냉기가 침투했다.

신법의 속도 못지않게 침투경의 묘리 역시 대단했다.

퍼버버벅!

온갖 병장기들이 백단화를 향해 허공을 가로질렀다. 어깨와 쇄골을 박살 내며 달리고 있는지라 모두 피할 수는 없다. 그녀의 등과 허벅지에 얕은 자상들이 생겨났다.

민비화는 광호의 공격을 절묘하게 받아내며 백단화의 측면으로 유도해 냈다. 그제야 광호 역시 낌새를 눈치챘는지 백단화에게로 시선을 돌렸다.

광호가 경악으로 눈을 부릅떴다. 반면 백단화의 눈동자는 냉랭함을 유지했다.

적을 끌고 와 불시의 일격으로 전투력을 소모시킨다. 마치 강비와 위진양처럼.

싸움이 벌어지기 직전에 오고 간 전략이었다. 물론 그들만큼 경지가 높지 않다면, 특히 법왕교 소속인 두 사람처럼 혼(魂)의 유대감이 없다면 감히 섣불리 시도할 수 없는 전략이었다.

타다닥!

민비화가 재빠르게 뒤로 물러서고, 광호 역시 어떻

게든 옆으로 빠지기 위해 신법을 전개했다. 여인이고 자시고, 백단화 정도의 고수에게 걸리면 제아무리 광호라 한들 살아남지 못한다. 그도 그것을 알고 있었다.

"지금이에요!"

우르르 몰려오는 철마들을 무시한 그녀가 천녀설풍장을 전개했다.

휘리리릭! 퍼엉!

"크윽!"

비명이 절로 터져 나오는 위력이다. 위력도 위력이지만, 흩어낼 수 없는 한기가 더 문제였다. 혈황검과 팔뚝을 잡고 타오르는 천산설영기는 비록 극상승의 마공을 쓴다고 해도 그의 수준으로는 모두 막아낼 수 없었다.

그녀의 손에서 다시 한 번 백광이 치솟았다. 설영지 세 줄기가 광호의 검지 하나를 날리고, 귀 하나를 뚫었으며, 발등까지 꿰뚫었다. 전탄 명중. 광호의 몸이 거칠게 밀리며 나무에 걸려 쓰러졌다.

'좋아!'

민비화가 재차 광호에게 달려들었고, 질주하던 백단화는 다시금 뒤로 몸을 돌려 철마들을 노려보았다. 그 서릿발 같은 기세에 철마들도 주춤했다.

아무 말 없이 적을 노려보는 백단화.

말이 없기에 도리어 더 무섭다. 비사림의 정예라는 철마라 해도 그녀의 신기 어린 무공에 경악한 모양새였다.

승부의 추가 다시 한 번 일행 쪽으로 기울었다.

*　　　　*　　　　*

위진양의 용화소천장은 양강의 공력을 바탕으로 펼쳐진다. 강하고 뜨거우며 묵직하다. 위력에 있어서는 그 어떤 장법보다 우위에 설 것이다.

천랑군주의 참뢰장은 공력의 강성함보다 속도와 변화에 묘리가 있어 무섭다 할 수 있다. 이처럼 두 사람의 장법은 파괴력이 강하다는 측면을 제한다면 너무도 상이한 공부였다.

어떤 무공이 더 효율적인가. 그것은 쓰는 사람의

능력에 따라 다를 것이다.

그러나 지금 이 순간만큼은 천랑군주가 확실하게 밀렸다. 그의 실력이 부족하기 때문이 아니었다. 불시의 일격을 허용했기에, 한 번 틈을 보인 천랑군주를 위진양이 거침없이 몰아붙이고 있기 때문이다.

콰아앙!

한껏 연기를 피워낸 천랑군주가 뒤로 훌훌 날아갔다. 어떻게든 신형을 세워보려 했지만, 질주하는 위진양의 연환장(連環掌) 때문에 맥을 출 수가 없었다.

'제기랄!'

체내의 마기가 들끓었다.

용화소천장은 실로 무시무시한 절기였다. 한 번 막아낼 때마다 기혈이 출렁인다. 참뢰장의 번개와 같은 공력이 없었다면 진즉에 내상으로 무릎을 꿇었을 터.

위진양의 눈이 겁화처럼 타올랐다.

"이것도 받아봐!"

장심(掌心)에서 뿜어진 열기가 노도처럼 천랑군주를 몰아쳤다. 불덩이가 쏟아져 나오는 것 같다. 그 불은 전설의 신수를 만들어내 승천하듯 올라갔다.

직격으로 내쏘지 않았음에도 움직일 수 없었다. 사방을 메운 화기(火氣)가 들끓며 움직임을 통제하고 있던 것이다.

천랑군주의 의복이 활활 타오르고…….

하늘을 가득 메운 장력이 한 마리 화룡(火龍)처럼 천랑군주를 집어삼키려 했다.

"이놈!"

거센 일갈과 함께 그의 발이 대지를 찍어 나갔다.

엄청난 마기가 집약된 진각(震脚)에 꿈틀대던 열기가 출렁였다. 양강 공력으로 일종의 화진(火陣)을 형성한 구천화룡(九天火龍)이 바닥에서부터 깨지기 시작했다.

위진양의 눈동자가 다시 한 번 불길을 토해냈다.

'대단한 녀석이군.'

하늘에서 쏟아지는 화룡의 열기를 진각의 충격으로 뒤흔들고, 꿈틀대는 화룡을 향해 참뢰장의 절초를 쏟아내 무마시킨다.

내상과 외상을 돌보지 않고 해낸 공격이라 대단한 것이 아니다. 기상천외한 수법으로 구천화룡을 깨버리는, 그 방법이 대단한 것이다.

그러나 위진양은 전혀 문제될 것 없다는 듯 취선보(醉仙步)를 밟아 나가며 천랑군주의 가슴 부근에 주먹질을 퍼부었다.

퍼버벅!

"크허억!"

왈칵, 피를 쏟으며 물러서는 천랑군주.

개방 절기, 파옥권(破玉拳)이 용형기의 공력을 이어받아 무시무시한 파괴력을 발출했다. 이 한 수에 가진 공력의 절반을 쏟아낸 위진양이다.

다섯 대의 갈비가 박살 나고 극심한 내상까지 입은 천랑군주다. 한 번의 틈을 물어뜯어 기어이 때려눕힌 위진양. 무공으로도, 승부사로도 강호 정점을 달릴 정도였다.

그럼에도 위진양은 방심하지 않았다.

피를 토하며 물러서는 천랑군주를 끝까지 따라잡는다. 그의 손에는 용화소천장의 공력이 휘몰아치고, 보법을 밟아 나가는 발은 환상처럼 주변을 배회하여 실체 같은 허상을 만들어냈다.

"거지 같은 놈이!"

콰쾅!

코와 입에서 피를 줄줄 쏟아내면서도 참뢰장을 수십 번 뻗어내는 천랑군주. 내상을 돌볼 때도 아니거니와, 상처 입은 자존심 때문에라도 이대로 물러설 수가 없던 것이다.

안타깝게도 그의 공격은 모두 허투루 돌아갔다.

신기에 이른 보법으로 참뢰장을 모조리 피해낸 위진양이 순식간에 거리를 좁혀와 천랑군주의 가슴 부근에 마지막 일장(一掌)을 뻗었다.

콰앙!

이번에는 비명조차 없었다. 허공으로 피 분수를 쏟아내며 훨훨 날아가는 천랑군주.

결착이다.

끝까지 밀어붙여 모든 공격을 봉쇄, 차단하고는 적시적소에 쏟아낸 무공으로 승리를 쟁취한다. 그야말로 모범적인 전투였다. 십만 방도의 우두머리가 가질 만한 무력이었다.

강렬한 일격을 맞았음에도 천랑군주는 죽지 않았

다. 그만한 내상에 외상까지, 몇 번을 죽어도 이상하지 않을 상처를 입고도 멀쩡하다는 것은 실로 대단한 일이었다.

울컥, 피를 쏟은 천랑군주의 안색은 눈처럼 새하얗다.

위진양은 어깨를 으쓱거렸다.

"몸뚱이가 무척 단단하군. 진짜 죽일 작정으로 뻗은 일격인데."

다시 한 번 울컥, 피를 토하는 천랑군주. 불안하게 가라앉은 눈동자가 희미한 떨림을 발했다.

"쿨럭! 개방의 용두방주… 천하삼절에 꼽힌 이유가 있었군. 실로 강하구나."

"내가 좀 하지."

"철마신을 보냈음에도 연락이 끊겼다. 더불어 죽었어야 할 자가 이 자리에 있다는 건, 도리어 철마신이 당했다는 소리겠지."

"맞아. 강 아우가 박살 냈지."

심각한 내외상을 입었는데도 한결 더 차분해진 천랑군주다. 그러나 강비가 언급되자 그의 눈에 다시 한 번 핏발이 섰다.

“저 빌어먹을 자식 때문에 계책 여러 개가 무너지는구나.”

“계책을 만들어낸 빌어먹을 자식이 있으면, 그걸 박살 내는 빌어먹을 자식도 있어야지. 안 그래?”

능글능글한 말대꾸는 상대의 울화를 터트리기에 최적화되어 있다. 하지만 천랑군주는 더 이상 흥분하지 않았다.

“네 말이 맞다. 인위적으로 만들어낸 계책은 인위적으로 무너질 수도 있는 것. 당연한 걸 잊고 지냈으니 이런 결과가 나와도 변명을 할 수 없겠어.”

“알면 됐다. 이제 죽어야지?”

우두둑, 소리를 내며 다가오는 위진양의 모습에서 위압감이 흘러넘쳤다. 천랑군주의 창백한 얼굴에 미소가 어렸다.

“너는 날 못 죽여.”

“착각이 하늘에 닿았군.”

“아니, 분명히 그럴 거다.”

“이유라도 들어볼까?”

"내가 죽으면 네 제자 되는 놈도 죽을 테니까."

순간, 위진양의 얼굴이 싹 굳어졌다.

틈을 노려 기세를 잡은 천랑군주였다. 그의 얼굴에 떠오른 미소가 짙어졌다.

"서일이라고 했지? 개방 장로 선풍개에게 정보를 전달하기 위해 어지간히 달려들더군. 확실히 후개라 할 만한 실력이었다. 여기저기 잘도 빠져나갔더랬지. 하지만 세상일이 어디 쉽겠나. 네 말대로 인위적인 계책은 인위적으로 박살 날 수 있다는 거지."

위진양의 눈동자가 불길을 토해냈다. 당장에라도 천랑군주의 머리통을 박살 낼 기세지만, 그가 쉽사리 손을 쓰지 못하리라는 걸 천랑군주는 확신하고 있었다.

"내 제자를 잡아두었다?"

"혹시나 했지. 철마신에게서 연락이 끊겼으니, 네 놈의 생존 여부가 불명확했다. 죽이려고 했지만 쉽게 죽이기에는 그 이름값이 녹록치 않았어. 일종의 보험이지."

희희낙락함이 눈에 띄게 보인다. 하지만 천랑군주

의 비열한 눈동자에서 이미 진실을 엿본 위진양이다. 그와 같은 경지의 고수들에게 거짓은 의미가 없었다.

"진짜로군."

"사실이다."

"천랑군주라 하면 칠군주 중 한 명. 그만한 경지에 어울리는 자라고 들었는데, 치졸함이 뒷골목 파락호 저리 가라로군. 인질을 잡고 그 생을 이어가려는 행위, 부끄럽지도 않나?"

상대를 격동시키려는 어조였다. 그러나 한 번 냉정을 찾은 천랑군주는 쉬이 무너지지 않았다.

"자네 말대로 부끄러운 짓이지. 하나 덕분에 활로가 트이지 않았나?"

"깨끗한 죽음보다 더러운 삶을 이어가려는 것이군. 쓰레기 같은 놈."

"자네들 말대로 우리는 마인이니까."

위진양이 입술을 깨물었다.

"제길, 그냥 네놈이 말하는 걸 듣지 말고 죽여야 했는데."

"허! 협의에 목숨을 거는 용두방주께서 하실 말씀

이 아닌데?"

"네 말이 맞다. 그래, 협의에 목숨을 거는 용두방주가 할 말은 아니지."

후우웅!

꽉 쥔 그의 주먹에서 시뻘건 열기가 치솟았다. 패도적인 공력, 용형기가 극한까지 달아오른 것이다.

"하지만 협의에 목숨을 걸어야 하는 용두방주이기에 택해야 할 선택지가 있다. 네 주둥이에서 제자의 이름이 나오지 않았다면 조금 더 상쾌한 기분으로 박살 낼 수 있었을 텐데, 참 기분 더럽게 되었어."

살의가 들끓는 음성이다. 죽이지 못해 분노하는 것이 아니라, 제자의 목숨이 저들의 손에 달렸다는 현실에 분노하는 것이다.

천랑군주의 눈이 일그러졌다.

"날 죽이겠다고? 네 제자의 목숨이 달렸는데도?"

위진양의 입가에 미소가 드리워졌다. 무척이나 스산한 웃음이었다.

"너란 놈은 나와 내 제자를 잘 모르는 모양이군. 이 전쟁에 참여했을 때부터 우리는 목숨을 걸었다.

인질? 웃기는 소리. 내가 죽음에 가까웠을 때, 뒤도 돌아보지 말고 떠나라고 보낸 제자다. 그 정도의 결의는 이미 끝났다는 게야. 그 결의를 가르친 것이 다름 아닌 나다."

천천히 손을 펴는 위진양.

장심에서 붉은 화기가 일렁였다.

"넌 날 잘못 건드렸어. 네 덕분에 비사림 잡것들에 대한 분노가 더 커져 감을 느낀다. 장담하지. 설령 전쟁에서 패한다 해도, 십만 방도들을 전부 투입해서라도, 비사림만큼은 소멸시켜 주마. 개방 방주의 제자를 납치했을 때, 너희들도 각오한 바겠지?"

"자, 잠깐!!"

"하나 더. 천하의 천랑군주가 나이 어린 젊은이를 인질로 목숨을 연명하려 했다는 소문까지 같이 내주마. 중원무림의 사기를 북돋워 줄 테지. 네 죽음에 명예 한 톨도 보이지 않도록 조치를 취할 것이다."

휘이이익! 퍼엉!

용화소천장 한 방에 천랑군주의 머리가 터져 나갔다.

비사림에서 가장 먼저 중원으로 나와 강비와 등효에게 큰 충격을 준, 그 여유로움과 강함으로 마인들에게 존경을 받던 천랑군주의 끝이라 하기에는 무척이나 치졸하고 싱거운 감이 있었다.

"칠군주 중 가장 전략전술에 능하다더니, 그쪽 소문은 믿을 것이 못 되는군."

시원스레 말은 하지만, 위진양의 표정은 암울하게 굳어 있었다. 제자, 혈육보다도 더 아끼던 제자가 적의 수중에 잡혀 있다는 소리를 들었다. 아무리 용두방주라 하나 평상심을 유지하기 힘들었다.

그의 시선이 다른 격전장으로 돌아갔다.

빨리 이 싸움을 끝내고자 하는 것이다.

*　　　*　　　*

치이익!

'제기랄!'

바닥을 굴러 살벌한 검기를 피해낸 강비의 얼굴에 식은땀이 흘렀다.

유령군주는 강했다.

작정하고 살수의 기예를 끌어 올린 그의 무공은 이전과 완전히 다른 면모를 보여주고 있었다. 오로지 상대의 죽음을 위해 펼쳐 내는 무공들은 전장의 치열함을 겪은 강비조차 받아내기 어려울 지경이었다.

희미한 혈향을 감지해 내지 못했다면, 이미 몇 군데 치명적인 상처를 입었을 터였다. 하물며 부상으로 제 기량을 뜻대로 내지 못함에도 이 정도였다. 완전한 환경에서 제대로 무공을 펼쳤다면, 아무리 강비라도 죽음을 면치 못했을 것이다.

강비의 얼굴이 어두워졌다.

'어렵다.'

활로가 보이지 않는다.

승리가 아니라 활로부터 찾는다. 그만큼 유령군주의 무공은 심각하리만치 부담스러웠다.

한 번의 안도가 얼마나 큰 어려움으로 다가오는지, 뼈저리게 알고 있음에도 빈틈을 보였다. 그 빈틈 한 번으로 생보다 사에 가까워진 전투다. 그는 스스로를 자책했다.

'스스로를 제대로 돌봐야 했어. 자만을 하다니, 이런 멍청한!'

유령군주의 검기를 피해내면서 강비는 느꼈다.

'격이 떨어진다.'

이 드넓은 중원 땅덩어리에서도 한 줌 안에 들어올 만한 경지를 일구어낸 강비다. 하물며 그의 나이를 생각하자면 고금에 찾기 어려울 만한 성취였다. 그는 스스로에게 충분한 자부심을 느꼈다.

문제는 자부심에 걸맞은 격이다.

천외천의 경지를 일구었다면, 그에 맞는 격이 있어야 했다. 그 격이란 외적으로 보여주는 격이 아닌, 경지에 맞는 부동심과 판단력, 그리고 무공이다.

전투에 있어 백전노장이라 불릴 만한, 실로 천재적인 업적을 일구어낸 강비라지만, 그는 아직 젊었다. 누가 봐도 믿기 어려운 속도의 성취라면, 그 위험함과 불안정성을 가정하고 스스로를 돌봐야 함이 마땅했다.

최강이라 불리어도 손색이 없는 혜정 대사에게 가르침을 받았다고는 하나, 자잘한 것들까지 손봐주진 않았다. 당연하다. 그것은 오로지 강비의 몫이었다. 그것들을 다듬고 다듬어 심신의 성장을 일체화시켜야 했다.

그것을 간과한 것이다.

지나치게 빠른 성장을 보였다면 충분히 다듬어 내 것으로 만들어야 하는데, 놓친 것들을 무시하고 앞으로 나아가려만 했다.

자연 사상누각(砂上樓閣)이 될 수밖에.

쉬이익! 서걱!

등에 일검을 허용했다. 정신이 번쩍 드는 일격이다.

'그래, 후회는 나중에 해도 늦지 않다. 지금은 전투에 몰입해야 할 때, 활로가 아닌 승리를 찾아야 할 때다. 집중하자.'

홀연히 일어난 패왕진기가 그의 정신을 다독였다. 자책감으로 물들어가던 눈동자가 이전의 강인함을 되찾는다. 그것만으로도 육신에서 흐르는 기도가 달라졌다.

어둠 속에서 강비의 허점을 찾는 유령군주의 눈살

이 찌푸려졌다.

'포기하지 않는군.'

유령군주에 못지않은 상처를 입은 강비다. 대처 방법도 찾지 못하는 현실이라면 절망해야 마땅할 텐데, 오히려 기도가 단단해졌다. 스스로를 믿고 있다는 뜻이다.

'어디…….'

안개처럼 흐려진 은신처에서 그가 다시 한 번 검을 휘둘렀다.

귀영검식, 은혼사(隱魂死)의 일격이었다.

쩌저저정!

쌍도를 겹쳐 겨우 막아낸다. 강비의 안색이 창백해지고 입가에서 실핏줄이 흘렀다. 내상을 입은 것이다.

그러나 유령군주의 눈은 더욱 어두워졌다.

'이놈, 받아치는군.'

이전이었다면 피했을 공격이다. 한데 막았다. 내상이 심화될 것을 감수하고 막아낸 것이다.

돌파하겠다는 의지다. 이 불리한 상황을, 일방적인 전투를 뒤엎겠다는 의지의 발현이다. 그 말인즉, 강비 본연의 모습을 찾았다는 것.

'무서운 놈이야.'

젊은이의 의지라서 무서운 게 아니라 강비만큼의 고수가 다잡은 의지라서 무서운 것이다. 철벽처럼 단단한 의지가 꺾였다는 것은 회복 역시 그만큼 더디고 어려워야 정상인데, 얼마 지나지도 않아 예전의 스스로를 되찾았다.

그 불굴의 의지가 무서운 것이다.

'진정 살려둬선 안 될 놈이다.'

이 정도로 거침없는 녀석이라면 비사림에 큰 방해가 될 것이다. 하물며 저처럼 어린 나이에 이만한 경지. 그야말로 무서운 성장이다. 당장 목을 끊어놔야 한다.

잠잠해진 유령군주의 기세가 한층 안으로 굽어들었다.

느껴지던 혈향조차 숨긴다.

강비의 눈이 적색 광채를 발했다.

'최후의 한 수를 펼치려 함인가? 승부를 보겠다는 것이로군.'

숨겨놓은 또 다른 한 수를 보여주겠다는 것은, 그것도 이전에 보여주지 않던 것을 지금에야 보여준다는 것은 결착을 지으려는 것이다. 또한 저만한 기예를 이제야 드러냈다는 건 그 역시 무리를 하고 있다는 증거였다.

'어찌해야 하나.'

그는 눈을 감았다.

소란스러운 감각들을 억지로 막아갔다. 눈은 물론, 후각에 청각, 촉각과 미각까지… 오감 전체를 통제한다.

대신에 육감, 심안(心眼)을 키웠다.

사물의 본질을 파악하는 또 다른 눈이다. 빛도, 소리도, 아무것도 없는 어둠 속에서 오롯이 뜬 마음의 눈이었다.

하지만…….

'보이질 않아.'

심안으로도 파악이 되질 않는다. 보이지 않고, 느껴지지 않는다. 유령군주의 은신술은 그야말로 신의 경지라 할 만했다.

'곧 들어온다.'

심안은 곧 현혹되는 모든 것을 무너트리고 그 안의 진체(眞體)를 볼 수 있는 감각이다. 그런 눈마저도 피해갈 정도의 은신술이라면 유령군주도 시간을 길게 끌 수는 없을 것이다. 그건 경지의 높낮이를 떠난 문제였다.

'어디서 공격이 들어올까?'

당연히도 알 수가 없다. 애초에 이런 은신술을 펼칠 수 있다는 것을 상상조차 하지 못했다.

그러나 강비는 포기하지 않았다.

끊임없이 패왕진기를 다독이며 상상력을 증대시켰다.

지금까지 유령군주가 휘두르던 사이한 검결과 장법, 절묘한 선을 노리는 참격과 자격, 어떤 부위를 노리는 데에 인색한지, 어떤 부위를 중점으로 노리는지.

'살수 기예. 결코 화려한 공격은 오지 않아. 일격살(一擊殺)이다. 한 번의 공격으로 끝낼 것이다. 끝내? 그렇지 않아. 하지만 치명상을 입히려 들 것이다. 죽으면 좋지만, 죽지 않아도 움직이기 힘들 만큼의 상처. 장법? 아니야. 뒤를 생각한다면 내공 소모가 조금이라도 적은 공격을 택할 것이다. 검, 검이다! 검격이 올 거야. 참격이 아닌 자격(刺激)으로.'

평소의 유령군주라면 모르겠지만, 지금은 둘 모두 내상을 입고 지쳐 있기까지 했다. 하지만 그는 일격에 모든 것을 담아내지는 않을 것이다. 위험부담이 크기 때문이다.

'머리를 노린다? 그럴 리 없어. 실패하면 치명상도 주지 못할 부위다. 그렇다면…….'

감았던 강비의 눈이 번쩍 뜨였다.

'몸통!'

째애앵!

푸욱.

섬뜩한 고통이 등허리를 타고 올라 머리를 뒤흔들었다.

찰나의 순간에 쌍도를 겹쳐 막았지만, 유령군주의 묵사검은 두 자루의 칼을 그대로 부러트리고 복부에 박혔다. 한 치만 더 파고들었다면 척추가 다쳤을 터.

쌍도의 반탄력으로 검력을 막지 않았다면 죽기 이전에 반신불구가 되었을 것이다.

울컥, 터져 나오는 핏물이 앞섶을 적셨다. 유령군주의 당황스러운 얼굴이 보였다. 하지만 그것도 잠시. 그의 눈이 냉정한 빛을 발한다.

“죽어라.”

스산한 음성.

끝을 보려는가.

묵사검을 움직이려던 유령군주의 손이 멈칫했다. 어느새 부서진 쌍도를 버리고 묵사검을 쥔 유령군주의 팔목을 잡아챈 강비였다.

코와 입에서 연신 피가 흐르고, 얼굴은 분을 칠한 듯 새하얗게 변했지만, 강비의 눈에는 자그마한 웃음이 떠올라 있었다.

잔인한 미소로 마주 웃던 유령군주. 어느새 그의 눈이 경악 어린 빛을 토해냈다.

퍼어억!

엄청난 장력이 유령군주를 측면으로 튕겨 버렸다. 어찌나 장력의 파괴력이 거셌는지, 묵사검조차 놓치고 날아갔다. 유령군주의 입에서도 시뻘건 선혈이 쏟아져 나왔다.

틈을 파고들어 일장을 날린 자.

위진양이었다.

위기일발, 죽음의 강에서 생존의 활로를 열어준 남자다.

다시 한 번 공력을 끌어 올리려던 위진양이 멈칫했다. 튕겨 나간 유령군주의 몸이 어느새 사라져 있다. 무시무시한 내상을 입었지만, 그 와중에도 은신술을 펼쳐 달아나 버린 것이다.

"빌어먹을, 도주를 택하다니. 그놈 참, 더럽게 빠르군."

아마 목숨을 건 도주가 될 것이다. 우측 상반신에 있는 뼈가 대부분 으스러졌고, 더불어 죽음에 이를 만한 내상까지 입었거늘 그걸 돌보지 않고 다시 본신 무공을 펼쳤으니, 그의 내부는 이미 회생 불가가 되었을 것이다.

"커헉!"

강비의 입에서 다시 한 번 각혈이 터졌다.

재빠르게 그의 곁으로 다가온 위진양. 그의 표정이 찌푸려졌다.

"용케 그 상황에서 몸을 틀었군. 당장 죽을 정도는 아니야. 하지만 내상이 심해."

일차적인 공격에 주요 장기가 상하지 않았음은 다행이지만, 묵사검에 실린 유령군주의 음험한 경력이 그의 내부를 여기저기 들쑤시고 있었다. 이 상태로 방치하다가는 하루를 넘기지 못하고 죽을 것이 자명했다.

그러나…….

한 사발의 피를 토한 강비는 다시 일어섰다. 부들부들 떨리는 두 다리가 진즉 쓰러져도 이상하지 않지만, 눈빛만큼은 여전히 빛나고 있었다.

"저들을 도와주러 가야 하오."

"아직 급하진 않아. 응급조치는 해야겠어."

타다닥.

혈을 눌러 출혈을 막고, 묵사검을 빼 드는 위진양. 관통은 되지 않았지만, 무척이나 깊이 박혔다. 호천패왕기를 돌려 어떻게든 치유에 힘쓰고는 있지만, 어서 치료를 해야 했다.

그러나 강비는 위진양을 밀었다.

"가서 도와주시오. 나는 내가 알아서 하겠소."

고집이 물씬 풍기는 목소리였다. 위진양은 별수 없다는 듯 고개를 젓고는 몸을 날렸다.

저 멀리서 폭음이 터졌다. 위진양과 백단화, 두 마리의 대호(大虎)가 마인들을 상대로 미친 듯이 날뛰고 있다. 수십 마리의 늑대들이 있다고 하나, 둘의 무공이라면 상황을 빠르게 정리할 수 있을 것이다.

강비는 장검이 꽂힌 곳으로 가 천천히 가부좌를 틀었다.

눈을 감고 진기를 도인하는 강비. 동시에 그의 머리에는 이전의 전투들이 생생하게 영상화되어 떠오르고 있었다.

철마신 만효와의 접전부터 천랑군주, 유령군주와의 생사 혈투.

한 명, 한 명이 이 중원 천하의 땅덩어리를 위진시킬 만한 고수들이었다. 그런 고수들을 상대로 이만큼이나 선전을 했다는 것은 분명 대단한 일이지만, 그는 스스로의 단점부터 떠올렸다.

'철마신 만효. 나를 얕봤기 때문에 그나마 쉽사리 처리할 수 있었다. 천랑군주 역시 마찬가지. 나를 쉬이 보지는 않았지만, 나에 대한 분노로 냉정을 잃었기에 한순간이나마 몰아붙일 수 있었어. 그러나 유령군주처럼 본신의 힘을 아낌없이 개방했다면……?'

고수들 간의 승부란 한 번의 공격으로, 실낱같은 틈으로도 승패가 갈린다. 결코 방심을 해서는 안 된다는 뜻이지만, 그건 곧 그들에게 틈을 만들어낼 수 있다면 이쪽에서 승리를 거머쥘 수 있다는 뜻이기도 했다.

온갖 변수가 난무하는 것. 승부란 그런 것이다.

그러나 그 모든 것을 떠나서 강비는 그들에 비해 자신이 한 수 떨어진다는 사실을 부정하지 못했다.

굳이 수치로 매기자면, 철마신 만효보다는 반수, 천랑군주와 유령군주보다는 한 수 정도의 차이가 날 것이다.

그 한 수의 차이는 경지의 차이가 아닌, 그 경지에 걸맞은 안정감과 익숙함의 차이였다. 똑같이 천하 명검을 다룰지라도 그 검에 익숙해진 자와 익숙해지지 않은 자의 차이는 큰 법이다. 실상 특유의 전투 능력이 아니었다면 진즉에 죽었을 만한 차이이기도 했다.

'나는 그들보다 훨씬 빨리 도달한 대신, 그들만큼의 안정감을 가지진 못했다. 내가 내게 익숙해져야 해.'

그들과의 은원을 떠나서 얻은 것이 많은 싸움이었다.

강비의 몸에서 희미한 적광이 타올랐다. 패왕진기가 빠른 속도로 그의 내상을 수복하고 있는 것이다.

하지만 그것은 진기의 영향일 뿐.

두 명의 절대고수와 생사의 격전을 벌인 강비는 천천히 고개가 떨어지는 걸 막지 못했다.

'피곤하군.'

저 멀리서 익숙한 목소리가 들려왔다. 여인의 목소리, 그리고 남자의 목소리.

위진양과 백단화, 민비화였다.

그렇게 강비는 정신을 잃었다.

2.
암천루주(暗天樓主)

서문종신의 눈이 반짝였다.

'오호, 여긴가?'

자그마한 동굴 속.

울퉁불퉁한 동굴의 벽면을 훑어내는 그의 손길이 조심스럽기 짝이 없다. 평소의 그를 떠올리기 힘들 정도다.

'이런 곳에다가 만들어놓다니, 확실히 보통 놈들은 아니로군.'

본시 무력이 능한 그이지만, 세월이 그에게 선물한 것은 강함만이 아니었다.

심심파적으로 배운 것이라 하나, 그가 배운 것들은 암천루에서도 천재 소리를 듣는 당선하와 장천의 기술들이다. 그 둘의 기술이라면 중원 천하에서도 보기 드문 것이라 할 수 있을 터.

벽면을 여기저기 짚어가던 서문종신이 가장 아래, 두 개의 돌멩이를 꾹 눌렀다.

쿠구궁. 쩌어억.

놀랍게도 아무렇게나 흐트러져 있던 돌멩이 두 개를 누르자 동굴의 심처가 열렸다. 끄트머리 벽면이 천천히 위로 올라가는 광경은 신비함, 그 자체였다.

열린 입구 너머로 들어간 서문종신.

그의 눈이 사방을 훑었다.

'점점 모를 일이군.'

욕설이 한 바가지 나오려는 걸 참았다.

눈에 보이는 것은 두 갈래로 나뉜 길이다. 그것도 잘 정돈이 된 계단인데, 둘 모두 좌우의 아래를 향하고 있었다. 어쩐지 들어오는 자를 기만하는 것 같아 서문종신의 얼굴이 한껏 일그러졌다.

'역시 이런 건 내 취향에 맞지 않아.'

호쾌하게 맞붙는 결투.

서문종신은 무혼조 소속으로, 무력 해결을 전문으로 한다. 아무리 세월이 알려준 지식과 지혜가 있다지만, 사람은 어울리는 일을 해야 하는 법이다.

루주가 직접 부탁하지 않았다면 콧방귀 뀌며 오지도 않을 장소였다.

그는 가만히 기감을 증폭시켰다.

보이지 않는 기의 실이 두 계단 너머로 꿈틀거리며 나아간다. 누구도 느끼지 못할, 온전히 서문종신만의 실타래가 풀어지며 그 아래에 있는 존재들을 더듬는다.

순간, 그의 하얀 눈썹이 꿈틀거렸다.

'잡히지 않는다? 이런 건 또 처음이군.'

소림이나 무당 장문인에 비해 전혀 뒤떨어지지 않을, 오히려 전투적인 면이라면 더 강성할 서문종신의 무공이다. 그만한 경지에 이른 자라면 영역 안에 일어나는 일은 물론이거니와, 사람의 기세를 읽고 그자의 내력까지 알아내는 것도 어려운 일이 아닐 터.

그럼에도 기감에 잡히질 않는다.

정확하게 말하자면 모호함에 가까웠다.

'무슨 수작을 해놓은 거지?'

물씬 풍기는 위험함.

이 동굴 전체가 하나의 진법(陣法)이요, 기관이라고 하였다. 하지만 천하의 어떤 진법과 기관이라도 절대고수의 기감마저 흐리게 할 수는 없다.

서문종신은 그렇게 알아왔고, 실제로도 그랬다.

한데 무슨 짓을 해놨는지 그의 기감이 제 역할을 하지 못하고 있었다. 오랜 세월을 살아온 서문종신조차 처음 겪는 일이었다.

'그래, 루주가 괜한 곳으로 날 파견할 리 없지.'

뭔가 자위 비슷한 걸 해보았지만, 그런다고 기분이 나아지진 않았다. 차라리 기감에 잡히는 것이 아무것도 없었다면 안도했을 것이다.

'이곳 내부에 있는 사람의 숫자를 파악하지 못하게 하려는 의도인가? 아니면 무력의 수위?'

둘 다일 것이다.

하지만 서문종신의 생각은 거기에서 멈추지 않았다.

'그럴 리가 없다. 그럴 거라면 아예 기감을 없애 버리는 게 낫지 않을까? 아니면 그럴 방도를 모르는 건가?'

기분이 좋지 않다. 끈적끈적한 뱀의 아가리로 머리를 들이미는 느낌이다.

그는 확신을 가졌다.

'아니야. 진법이든, 기관이든, 술법이든 기감을 지우는 것보다 모호하게 만드는 것이 훨씬 어려울 게야.'

술법에 대해서는 아는 게 별로 없지만, 이미 기(氣)의 활용에 있어 궁극에 이른 서문종신이다. 무공과 술법이 제아무리 다르다고 하나, 끝과 끝은 통하는 법이다.

'없애는 게 쉬운데도 모호하게 만들었다, 기감을. 그렇다는 건 대놓고 위험함을 풍기겠다는 뜻이다. 함정으로 끌어들이는 목적이 아니라 위험을 깨닫고 물러나게 만들겠다는 뜻으로 받아들여도 되겠지.'

함정을 만들 작정이었다면 아예 기감을 지웠을 것이다.

'즉, 안에는 막을 만한 작자들이 없다는 뜻인가? 아

니다, 그것도 아니야. 존재가 있어야 기를 흐리는 것도 가능하다. 분명 안에 누군가가 있기는 있어.'

무림에서 수십 년 동안 살아온, 그것도 강호 음지에서 살아온 노강호의 지혜가 빛을 발하는 순간이다.

아마 이런 능력을 믿었기에 진관호는 서문종신을 파견했을 것이다.

'뭐, 별수 없이 들어가긴 해야겠군.'

그는 좌우로 나뉜 길 너머에서 느껴지는 기감을 대조했다.

'엇비슷해. 일단 우측으로 가볼까?'

혹시나 몰라 그는 품에서 흑색의 구슬을 꺼냈다. 진관호가 직접 건네준 피독주(避毒珠)였다. 최악의 극독이라는 무형지독(無形至毒)을 해독할 수준은 아니겠지만, 어지간한 중독은 그 자리에서 차단시킬 정도로 성능이 좋은 놈이었다.

서문종신은 속으로 툴툴거렸다.

'이런 것까지 건네다니, 아예 위험하다고 광고라도 하지그러나.'

그는 천천히 우측 계단 아래로 내려갔다.

계단은 길었다.

신법을 펼친 건 아니지만, 서문종신의 빠른 걸음으로 반 각이나 내려갔음에도 끝이 보이질 않았다. 내려갈 때마다 자욱해지는 모호한 기가 그를 한층 더 불쾌하게 만들었다.

'이 동굴이 무너지면 꼼짝없이 죽겠군.'

제아무리 천외천의 경지를 일구어낸 그라지만, 이 동굴의 폭발에서는 살아남기 힘들겠다는 생각이 들었다. 이만큼 정성 들여 지어놓은 기관을 쉬이 붕괴시킬 것 같지는 않지만…….

'사람 일은 모르는 게지.'

불가능할 것 같은 일들이 버젓이 수면 위로 드러나는 것, 전설보다도 더 허무맹랑한 것이 현실이다.

연신 구시렁대며 걸어가길 한참.

마침내 계단의 끝이 보였다.

마지막 계단 하나를 밟은 서문종신은 그대로 얼어버렸다.

'이게 대체……?!'

눈앞에 보이는 광경.

자신도 모르게 기침을 뱉을 뻔했다.

서문종신이 멈춰 선 곳은 크나큰 공동(空洞)이었다. 반경 오십여 장은 충분히 넘어가는 듯하고, 높이는 십여 장을 훌쩍 넘겼다.

벽에는 수많은 야명주가 박혀 광장을 밝히고, 벽면 곳곳에는 환풍구로 보이는 구멍들이 보였다.

무척이나 정성 들여 만들어낸 광장.

그 광장 전체 영역 중 칠 할 이상을 금화(金貨)가 채우고 있었다.

그야말로 산더미처럼 쌓인 금화. 천장에 가깝도록 솟은 금화의 산이다. 살아생전 이만큼의 금화를 서문종신조차 본 바가 없었다.

이 재보의 산은 금으로만 이루어진 게 아니었다. 곳곳에 휘황찬란한 보검(寶劍)은 물론, 최상급 피독주에 피화, 피수주에 강호에서 소문이 무성한 온갖 기진이보들이 중간중간 박혀 있었다.

도대체 얼마나 되는 금액이 이곳에 있는 건지 상상조차 할 수 없었다. 이 정도 금화와 재보라면 가히 소국(小國) 하나를 사도 모자람이 없을 듯했다.

스스로를 제법 소박하다고 생각하는 서문종신도 이 압도적인 금화의 산에서 눈을 떼지 못했다.

'이만한 보물이라니. 사대마종, 이것들이 아주 작정을 한 모양이군.'

그냥 아무렇게 한 줌만 쥐어도 평생을 떵떵거리며 살 만한 금액이었다. 그것이 반경 오십여 장, 높이 십여 장에 이르는 광장의 칠 할을 채우고 있는 것이다.

잠시 넋이 나가 있던 서문종신이 고개를 휘휘 저었다. 그런 그의 눈에 금화 곳곳을 누비며 벽면을 훑는 세 사람이 보였다.

호리호리한 인영. 제법 무공을 익힌 듯하지만, 서문종신은 그들에게서 둔탁한 느낌을 받았다. 무공을 익혔어도 그 무공을 쓴 지가 무척 오래되었다는 느낌이었다.

하지만 흘리는 기질들은 각기 뚜렷했다.

한 명은 암울한 마기를 풍겼고, 한 명은 정공의 진기를 흘렸다. 그리고 나머지 한 명은 무공을 익혀 단전의 내기를 뿜어내는 느낌이 아닌, 보다 신비로운 기도를 가진 자였다.

'비사림, 무신성, 그리고 초혼방.'

각자 믿을 만한 자들 한 명씩을 차출하여 이 군자금(軍資金)을 관리토록 한 모양이다.

더 놀라운 것은 군자금이 있는 위치였다.

하북, 황궁과 지척이다. 이만한 재보를 옮기는 것도 쉬운 일이 아니었을 텐데, 어떻게 쌓아둘 수 있었는지 이해할 수가 없었다.

'자, 이제 어찌한다?'

루주의 말이 생각났다.

"하북에 그들의 군자금이 쌓였다는 첩보가 들어왔습니다. 정확한 위치는 선하가 확인했고, 유소화를 보냈는데 입구에서 다시 돌아왔답니다. 그 계집애, 평소에 그리 잘난 척하더니 기관 해체 앞에서는 두 손, 두 발 다 들었다네요. 차라리 잘됐어요. 그 안에 어떤 위험이 도사리고 있는지 알 수가 없으니, 서문 노인께서 가주십시오."

“가서 뭐해?”

“예? 확인해 주셔야죠.”

“그러니까, 확인하고 뭘 하냐고? 군자금 위치 알아냈다며? 선하가 일 처리를 했다니까 확실할 거 아냐. 확인만 하는 거면 그걸로 끝내지, 내가 가서 뭐해?”

“아, 그걸 말씀드리지 않았군요. 혹시 이동시킬 수 있는, 그러니까 전표 묶음 정도면 태우거나 가져오셔도 됩니다.”

“태우거나 가져오라고?”

“예. 어차피 저놈들 자금줄을 끊어놓을 작정이니까요.”

“가져오지 못할 양이면?”

“그럼 뭐… 별수 있겠습니까? 아예 묻어버리든지 해야지요. 물론 가능 여부는 전적으로 서문 노인께 맡기겠습니다. 알아서 처리해 주십시오.”

덕분에 여러모로 엄청난 광경을 보게 되었다. 그 광경에 어울리는 고민은 덤이다.

‘이걸 어떻게 묻어? 아니, 그런 걸 떠나서 이 정도

재화를 그냥 묻어버리는 건 죄악 아닌가?'

딱히 물욕은 없지만, 그것도 어느 정도다. 이만큼의 산더미 같은 재화를 보니, 없던 욕망도 치솟게 된다.

하지만 서문종신은 자신의 역할을 잊지 않았다.

'이걸 어찌하나…….'

벽력탄 같은 폭발물도 없고, 그렇다고 무공을 이용해서 이 동굴을 허물어 버리기에는 시간도 촉박할뿐더러 저들이라고 가만히 내버려 둘 리는 없다. 제아무리 절대고수라도 이 정도 동굴을 폐쇄시키는 건 불가능에 가깝다.

'차라리 누구를 때려잡으라는 의뢰가 편하지, 이런 건 나에게 어울리지 않……'

그때였다.

서문종신은 희미하게 느껴지는 감각에 눈을 번뜩였다.

'누군가가 온다!'

저 계단 위에서 굴강한 기도가 느껴지고 있었다. 스스로를 숨기지 않는다. 그는 급박하게 주변을 둘러보다가 환풍구로 눈을 돌렸다.

사악.

울림이 큰 광장임에도 서문종신의 신법에는 소리가 없었다. 조용히 내공을 방출, 몸 주위로 막을 둘러 소리를 차단시킨 것이다.

그야말로 신기에 이른 내공 조예. 그의 몸이 순식간에 광장 벽, 환풍구 중 하나로 들어갔다. 크기가 넉넉하여 몸 하나 숨기기에는 무리가 없었다.

재보를 둘러보던 세 명의 남자는 서문종신의 움직임을 느끼지 못했는지 눈길 하나 돌리지 않았다. 그저 해오던 행동을 계속 이어갈 뿐이다.

"음……."

계단의 끄트머리에서 광장으로 모습을 드러낸 자.

서문종신의 눈이 가늘어진다.

'대단하군.'

희끗희끗한 머리. 대략 오십 줄의 나이로 보이는 초로의 사내였다. 펑퍼짐한 옷을 입었지만, 나이에 맞지 않게 체구가 크다는 걸 알 수 있었다.

더 대단한 것은 그 체구보다도 느껴지는 기도에 있

었다.

직접 눈앞에서 보니, 그 기도의 농밀함이 상상을 초월한다. 깊고 깊은 심해를 보는 듯, 무겁고 답답한 기도였다.

'이 정도의 기도라… 게다가 느껴지는 이질감…….
술법, 술사다. 무인이 아니라 술사였어.'

술사란 족속들을 제법 많이 봐온 서문종신이다. 당장 암천루 본진에 거하고 있는 벽란만 해도 천하에서 짝을 찾기 힘든 인재가 아닌가. 그녀의 술법이 얼마나 대단한지는 그간 겪어봐서 알고 있다.

'하지만 저자는…….'

벽란보다도 깊은 기도였다.

그간의 순도 높은 연련으로 벽란의 성취는 이전보다 훨씬 고매해졌다고 볼 수 있다. 그런 벽란을 앞지르는 기도라면 대단해도 보통 대단한 것이 아니리라.

'초혼방의 술사인가? 란아의 얘기로는 십대혼주가 있다고 하였는데, 하면 십대혼주 중 하나인가?'

알 수 없는 일이다.

초로의 사내는 날카로운 눈으로 주변을 둘러보다가

허공에 손을 휘저었다.

스르륵.

순간, 서문종신의 눈이 찢어질 듯 커졌다.

'없어졌다?!'

반경 오십여 장에 달하는 광장, 십여 장에 이르는 천장까지 솟은 그 많던 재보가 싹 사라졌다. 딱히 눈을 깜빡인 것도 아닌데, 마치 귀신에 홀린 것마냥 재보의 모습이 보이질 않았다.

더욱 신기한 것은 재보를 보며 이것저것 파악하던 세 명의 남자였다. 초로의 사내가 들어왔음에도 알은척을 하지 않더니, 눈앞에 재보가 사라져도 마치 재보가 있는 것처럼 행동한다. 허공을 짚고, 금화 하나를 만지는 것처럼 검지와 엄지를 이용해 눈앞에 갖다 대기도 한다.

희한한 광경이다. 마치 서로 보는 광경이 다른 것처럼 각자의 행동만을 추구한다.

서문종신은 등허리를 훑고 올라오는 희미한 불안감을 느꼈다.

이 위압감, 이 분위기.

강호를 떠돌며 그간 느껴온, 늙어서도 담담하게 여기지 못할 불쾌한 감각.

"그리 숨어 있지 말고 이리 나오시는 게 어떻소?"

그저 허공을 보고 이야기하지만, 초로의 사내가 발하는 음성이 어디를 향하고 있는지 서문종신은 알 수 있었다.

"제길, 꿉꿉한 곳까지 기어 들어왔더니, 이리 쉽게 알아챌 거라면 이 고생 안 하는 건데 말이야."

투덜대듯 말하며 환풍구에서 나오는 서문종신이다.

이윽고 부딪치는 두 사람의 눈동자.

노인답지 않게 맑고 깨끗한 서문종신의 눈과 깊이를 알 수 없는 신비한 눈동자는 어딘지 모르게 비슷하면서도 달랐다.

"어떻게 알았나?"

"이 장소는 누군가가 침범하는 순간부터 발동되는, 일종의 진법과 기관의 합작이오. 내재된 기의 농도가 클수록 경보는 커지지."

서문종신은 침을 탁, 뱉었다.

"진법, 기관, 술법. 내 무공을 배운 무부이긴 하지

만, 진짜 이딴 것들 너무 싫어. 왠지 사기 치는 것 같아."

"덕분에 당신 정도의 고수가 이곳에 침투했음을 알았잖소? 사기라도 다행이오."

"대단한 기도로군. 초혼방인가?"

"그렇소."

"초혼방, 초혼방이라……. 비사림과 함께 이 중원의 대지에 아낌없는 돌진을 감행하던 곳. 비인외술(非人外術), 술법의 종가라 불리는 초혼방이라 해도 자네 정도의 경지라면 찾아보기 힘들 텐데."

"과찬이시오."

정체를 밝히길 원했지만, 초로의 사내도 그리 호락호락한 상대가 아니었다. 아니, 애초에 표정 변화도 없어 무슨 생각을 하는지 알 수가 없었다.

서문종신은 여유로이 주변을 둘러보았다.

"그나저나 용케 이런 곳을 만들었군. 흔적을 보니 만든 지 십 년이나 됐을 법한데."

"정확히 한 갑자 전에 만들어졌소."

틀려도 많이 틀렸다. 서문종신은 멋쩍은 듯 머리를

긁적였다.

"그런가?"

"그렇소."

"근데 저치들은 왜 모양새가 저런가? 사람이 이야기를 하면 돌아보기라도 해야 할 텐데 말일세."

"저들 말이오?"

초로의 사내가 손을 살짝 휘저었다.

그러자 놀랍게도 허공을 만지작거리던 세 사내가 몸을 돌려 이쪽을 바라보았다. 뚝뚝 끊어지는 동작이 군인을 보는 듯하다.

서문종신의 표정이 급변했다.

세 사내의 눈, 평범한 눈이 아니다. 초로의 사내가 손을 휘젓는 그 순간부터 풍기는 기도 역시 달라졌다. 생사의 경계가 불분명한 기도.

"사자(死者)?"

"대단하시군. 정확히는 죽은 것도, 산 것도 아니오. 강시라고 들어봤을 거요."

"강시!!"

단 두 글자이지만, 그 앞에서는 누구라도 평정심을

유지하기 힘들 것이다.

강시.

죽은 자를 다시 움직이게 만드는 술수. 단순히 움직이는 걸 넘어 전투력을 부여하고 살상력을 증대시켜 일종의 병기화가 된, 살아 있는 전투 병기다.

과거, 초혼방이 수많은 강시의 부대로 황궁조차 뒤엎으려 했다는 전설 아닌 전설이 있기야 하다. 하지만 서문종신은 강시라는 존재에 대해 부정적이었다. 애초에 만들어낼 수 없는 존재라 여긴 것이다.

이유란 간단했다. 그건 불가능하기 때문이다.

죽은 자에게 다시 생기를 불어넣는다?

가능은 하다. 하지만 그래봤자 움직이는 시체에 불과하다.

그런 시체가 주인의 뜻에 따라 움직이고, 주인의 뜻에 따라 누군가를 살상한다?

천도에 역행하는 바이고, 존재해서도 안 되며, 애초에 말이 안 되는 일이었다.

인간의 지식과 지혜가 유사 이래 정점을 찍은 현재라 하지만, 섭리를 건드릴 수는 없다. 누구도 생과

사의 빗금을 건드릴 수 없는 것이다.

강시는 그 빗금 위에 존재하는 전설이다.

하지만 막상 목도하니 이게 불가능한 것이라고 단정 지을 수 없게 되었다. 눈앞에 보이는 세 사내는, 정말 사람이라면 마땅히 뿜어내기 힘든 기도를 내보이고 있었다. 생기도, 사기도 아니다. 무척이나 독특한 기도.

'그래서였나…….'

계단으로 내려오기 직전, 모호한 기도에 어리둥절했더랬다. 그것은 딱히 어떤 술법이나 진법에 걸려서가 아니다. 이들의 존재 자체가 모호한 존재였기에, 서문종신이 한 번도 겪어보지 못한 존재들이었기에 그리 느낀 것이다.

눈을 감고 기감으로만 느끼면, 세 사람인지 다섯 사람인지도 헷갈린다. 그들의 기도는 안개처럼 뿌옇기 그지없었다.

"역천이로군."

"그렇소."

허탈해질 만큼 간단한 수긍이었다. 천도를 이행하

든, 역행하든 한 톨 상관없다는 투다. 서문종신의 미간이 좁아졌다.

"강시. 그래, 강시는 강시라 치고… 이따위 것들을 만들어서 뭘 어쩌려고 그러시나?"

"우문도 우문이시오. 이미 전쟁은 발발했고, 우리는 서로를 조용하지만 확실하게 뭉개가고 있소. 그 와중에 뭘 어쩌겠냐는 물음은 의미가 없지 않소?"

"전쟁은 대지 위를 활보하는 인간들이 벌일 수 있는 가장 폭력적인 정치야. 말하자면 살아 있는 자들의 전유물이라 할 수 있는 것이지. 그런 영역에 죽은 자들을 끌어들이다니, 너무하다고 생각하지 않나?"

"전쟁은 가장 폭력적인 정치이면서도 가장 잔혹한 정치이기도 하오. 이기기 위해서는 어떤 수단을 써도 죄악이 되지 않는 것, 승자만이 모든 것을 가져가는 것. 당신도 알고 있을 것이오."

말을 한다면 몇 마디, 아니, 수천 마디를 더 할 수 있을 것이다. 그러나 서문종신은 더 이상 그에 대해 신경 쓰지 않기로 했다. 이미 서로의 가치관이 지나치리만치 떨어진 두 사람이다. 더 이상의 대화는 의미가 없었다.

"그래. 그럼 뭐, 이제 슬슬 시작해 볼까?"

"무엇을 말이오?"

"순진한 척하시는군. 지키려는 자 앞에 침투한 자가 있다. 화기애애한 대화를 끌어가기에는 그다지 아름다운 상황이 아니지 않나?"

"싸우자는 것이오?"

"그리 되물어오니 내가 다 당황스러울 지경이군."

"딱히 싸우지 않아도 우리는 이 상황을 부드럽게 마무리 지을 수 있지 않소?"

"진심인가?"

"진심이오."

"도대체 무슨 수작인지 모르겠군."

"수작이 아니오. 더불어, 나는 암혼가(暗魂家)의 후예와 싸우고 싶은 생각이 조금도 없소."

"……!!"

화아아악!

순간, 광장 내부에 뜨거운 공기가 휘몰아쳤다. 요동치는 기파에는 놀라움이 섞여 있었으나, 호의적이라 보기 힘든 기운 또한 있었다. 세 구의 강시가 본능적으로 긴장하여 뒤로 물러섰다.

펄럭이는 의복, 넘실거리는 머리카락이 하얀 파도를 보는 듯했다.

서문종신의 무시무시한 안광이 초로의 사내를 향해 쏘아졌다.

“암혼가… 암혼가를 알고 있나?”

“알고 있소.”

“당금에 아는 자를 찾기 힘들 줄 알았는데.”

“세상에 영원한 비밀은 없으니까.”

“그래, 그렇겠지.”

암울하게 가라앉은 서문종신의 목소리.

암혼가. 중원 천하에도 알려지지 않은 세 글자가 드러났다. 무림을 살아가는 자들이라면 모두가 고개를 갸웃거릴 세 글자이지만, 적어도 이곳에 있는 두 남자에게는 단순한 의미가 아니었던 모양이다.

“암혼가, 대명제국을 세우는 데에 혁혁한 공로를 세운 무림세가. 하지만 태조의 눈 밖에 나버려 금군(禁軍)과 현 오대세가 중 일부에 의해 멸문지화(滅門之禍)를 당하게 된 비운의 무가(武家).”

초로의 사내의 입가에 처음으로 미소 비슷한 비틀림이 만들어졌다.

“영광이오. 당대 암혼가의 가주를 이리 뵙는구려.”

“어떻게 알았나?”

“관심이 많았으니까.”

“관심이 많았다고?”

“그렇소.”

“너희들의 관심을 받을 만한 짓거리는 한 적이 없는 걸로 알고 있는데?”

“절대 그렇지 않소.”

사내의 대답은 단정적이었다.

“암혼가는 이 제국을 세우는 데에 대단한 공로를 세운 무가였소. 억압당한 구파일방이 아무것도 하지 못한 채 생존에 급급하여 웅크리고 있을 적, 적극적으로 속세에 끼어들어 한족의 명예를 지켜낸, 전설적인 무림세가이지 않았소? 그 영광이 실로 공신 대우를 받기에 부족함이 없음에도 토사구팽(兎死狗烹)을 당해 한 많은 세월을 보내야 했지.”

서문종신은 가만히 듣고만 있었다.

"이를테면 암혼가는 현 제국의 적이라 할 수 있소. 달리 말하면 중원 대지를 오롯이 얻으려는 우리와 같은 처지라고도 볼 수 있겠지. 우리가 암혼가에 관심을 가지는 건 당연하다 할 수 있겠소."

적의 적은 친구다.

서문종신은 고개를 끄덕였다.

"암혼가에 호의가 있다는 건 알겠다. 한데 내가 암혼가의 후예라는 건 어찌 알았나?"

"말했잖소, 우리는 암혼가에 관심이 많았소. 실제로 우리 쪽의 선대가 그쪽 선대와 만남을 가진 적도 있다고 들었소."

"그래?"

"그렇소. 우리는 다시 한 번 이 중원의 대지를 향해 발돋움을 하면서, 암혼가 외에 우리와 동조할 가능성이 있는 세력들에 무척이나 많은 신경을 썼소. 암혼가의 무공, 공부는 구대문파에 필적, 혹은 그 이상이라고까지 평가를 받은 걸로 기억하오. 그만한 공부를 이은 후예를 신경 쓰지 않을 리 있겠소? 하지만 당신은 어느 순간부터 우리의 시야에서 사라졌지. 모든 정보력을 당신에게 쏟지는 않았다지만, 초혼방의 눈은 물론, 비사림의 비나충들조차도 당신의 행적을 놓쳐 버렸으니… 이는 실로 놀라운 일이오. 강호 음지로 숨어든 당신의 움직임은 경탄이 나올 만큼 노련한 것이었소."

사내의 눈이 빛났다.

은은하게 드러나는 눈빛. 신비한 눈빛이다. 황색, 녹청색, 적갈색 등 하나로 정의하기 힘든 온갖 빛깔이 그 안에 있었다.

"그러나 마침내 알아냈지."

서문종신의 눈에 아무도 모르는 긴장감이 떠올랐다.

"당신이 암천루라는 곳에 속해 있다는 것을."

파삭.

서문종신의 발이 광장의 바닥을 파고들었다. 순간적인 진기의 방출을 바닥이 이겨내지 못한 것이다.

"중원무림맹, 천의맹이라고 하였던가? 그들과의 전쟁 이후, 암천루라는 묘한 족속들이 우리 측에 상당한 피해를 주었소. 드러나지 않는 싸움에서는 거의 필패를 강요당할 정도로 압도적인 능력을 선보이는 자들이었지. 하지만 설마하니 그곳에 암혼가의 당대 가주가 속해 있을 줄은 상상도 못했소."

"다 알고 있군."

"그다지 오래되지 않았소. 만약 전쟁 중이 아니었다면, 암천루가 이 전쟁에 끼어들지 않았다면 아직까지도 몰랐을 것이오."

"그래. 네놈들은 암천루도 알고, 내가 암혼가의 당대 가주라는 것도 알고, 더하여 내가 암천루에 속해 있다는 것도 안다."

불꽃같은 기파가 넘실거린다. 무형의 기가 유형화가 될 정도로 진하게 흐른다. 서문종신의 전신에서 은은한 청백색 광영이 아른거렸다.

평소에는 절대 보이지 않는 모습. 전신의 진기를 한계까지 끌어 올리고 있다는 뜻이었다. 세 구의 강시가 다시 한 번 뒤로 물러섰고, 초로의 사내 역시 두 눈에 아무도 모르는 긴장을 품었다.

"그래서 어쩌자는 것이지? 굳이 내 앞에서 밝힌 이

유가 무엇이냐?"

"이유… 그 이유라면 말할 수 있지."

서문종신의 압도적인 기파를 정면에서 받으면서도 초로의 사내는 크게 압박을 받지 않는 듯했다. 무공과 술법의 영역을 떠나, 그 역시 한 분야에서 궁극에 이른 경지를 구축한 자라는 뜻이리라.

"이쪽으로 들어오시오."

"뭐라……?!"

"초혼방으로 들어오시오. 아니, 종속이 아닌 결속이오. 우리와 손을 잡아 이 난리통을 잠재웁시다."

서문종신이 목을 천천히 돌렸다. 우두둑, 소리가 살벌하게 퍼졌다. 불량함이 한껏 보이는 동작이지만, 그런 동작도 그가 하니 위압감이 넘쳤다.

"어쩐지 그럴 것 같았다. 짐작은 했지만, 혹시나 했지. 네놈들도 참 상상력이 빈곤한 것들이야."

"이곳에 있는 군자금을 보았을 것이오. 이곳 영역 전체에 걸어둔 술력과 진법으로 만든 환상이지만, 그것은 환상이자 환상이 아니오. 당신이 택한 두 갈래길 중 하나인 이곳은 혹시 모를 침입자를 묶어두기 위한 환진(幻陣)의 일종. 좌측에는 이보다 두 배는 더 넓게, 네 배는 더 많이 군자금이 쌓여 있소."

위화감이 남다르다 했더니, 역시나 그랬다.

"그래서 뭐 어쩌자고? 돈으로 유혹하시겠다는 심산이라 보기에는 사설이 긴데."

"우리가 모은 군자금은 그리 많소. 온전히 군자금으로 써야 할 것들이지만, 이 많은 재화들을 전부 쏟아낼 정도로 이 전쟁은 오래가지 않을 것이오."

"본론을 말해."

"암혼가의 재건을 돕겠소."

"……?!"

"예전의 영광을 되찾아주겠소. 현 제국을 뒤엎는 걸 일단 보류할지라도, 암혼가를 금군과 함께 습격한 오대세가 중 두 개의 가문에 행해질 복수를 돕겠소. 우리와 함께 손을 잡고 천의맹이라 자칭하는 저들을 잡읍시다. 당신만 한 절대고수가 우리를 도와준다면 그 파급력은 상상 이상일 터. 나는 도움이라 말했지만, 그것은 곧 당신에게도 이로운, 이른바 서로에게 이득이 가는 거래라 할 수 있소. 복수와 함께 재건까지, 그에 드는 모든 비용과 인재 육성, 사전 제작을 우리가 맡아주겠소. 어떻소, 구미가 당기지 않소?"

파격적인 조건이다.

어차피 목숨을 걸고 전쟁을 벌이고 있다면 무너진 가문을 세울 수 있는 쪽에 붙는 것이 이롭다. 승자는 모든 것을 갖고, 패자는 모든 것을 잃는다 하나, 초혼방은 이전에도 한 번 패퇴를 당했으나 다시 이만큼 일어선 방파다. 그만큼 자생력이 뛰어나다는 뜻.

온전히 떨쳤다고 생각했으나, 또한 온전히 떨치지 못한 과거.

서문종신은 초로의 사내의 말에 강렬한 유혹을 느꼈다.

속되다?

가문이 풍비박산 나는 광경을 두 눈으로 직접 보지 않은 자들은 이 마음을 모를 것이다. 그 한을, 그 피눈물이 풍기는 절망의 향기를 맡아보지 못한 자들은 감히 백분지 일도 느끼지 못할 감정이었다.

오대세가 중 황보세가와 친분이 있지만, 친분과는 별개로 그들을 달가워하지 않던 서문종신이다. 황보세가가 가문의 멸문에 끼어들지 않았다고 하나, 어찌 되었든 오대세가라 불리는 틀 안에서 노는 한통속이다. 이처럼 한 맺힌 과거란 현재를 순수하게 바라보지 못하도록 만드는 마력이 있었다.

가능하다면…….

가능했다면…….

모든 것을 불살랐을 과거다. 남궁세가의 모든 검사들을 박살 내고, 주춧돌 하나 남기지 않은 채 불사르고, 풀 한 포기 남기지 않은 채 세상에서 지워 버렸을 것이다. 기르던 개 한 마리까지 몽땅 이승에서 몰아내 버렸을 것이다.

아직도 죽지 않은 모용세가의 원로들을 관짝에 박아 넣고, 그들이 일구어낸 세가의 인재들을 지옥 불에 던져 버릴 것이다.

일부나마 빼앗긴 암혼가의 무공서들을 소멸시키고, 그들이 보는 앞에서 죄악을 낱낱이 밝힌 뒤, 무공 한 줌 익히지 않은 어린아이, 부녀자들까지 모조리 쳐죽여 버릴 것이다.

그런 상상을 하루도 빼놓지 않던 과거다.

무공을 어느 정도 완성시킨 후, 그 빌어먹을 놈들을 암살하러 가고 싶어 울컥 치솟는 유혹을 얼마나 많이 죽여야 했는가. 수천 번 암살 기도를 했고, 수천 번 포기했다.

서문종신은 희미하게 웃었다.

"매력적인 제안이군."

"물론 당신이 마음만 먹는다면 늦어질지언정 과거에 준할 만한 세력을 세울 수 있다는 점은 부인하지 않겠소. 당신 정도의 절대고수라면 삼십 년, 아니, 이십 년 안에 그리 만들 수 있겠지. 하지만 우리가 돕는 것만큼 안정적으로, 빠르게, 확실하게 만들어낼 순 없을 거요."

"그래, 잘 알아들었다."

뜻밖의 장소에서, 뜻밖의 유혹이었다.

설마 이런 대화가 오가게 될 줄은 상상조차 하지 못한바. 그러나 서문종신은 그이기에 할 수 있는 말을 내뱉었다.

"일고의 가치도 없는 소리 그만하고, 이제 슬슬 이 불편한 상황을 타파해 보도록 하지."

후련하다 싶을 정도로 시원시원한 음성이었다.

초로의 사내가 눈썹을 좁혔다.

"우리의 말이 거짓이라 생각하는 건 아닐 테고, 거절한 이유를 들어도 되겠소?"

"알아, 너희들이 그럴 만한 능력이 된다는 거. 오죽하겠어? 천하의 초혼방인데. 예전에는 황궁조차 엎으려고 날뛰던 조직 아니던가. 배포가 이만저만하지 않다는 걸 모르진 않아. 하지만 말이야……."

구름같이 올라온 청색 광영이 그의 눈에 머물렀다. 맑고 깨끗한, 그리고 당당한 빛이었다.

"과거의 은원(恩怨)은 잊었고, 영광은 묻었다. 이미 스러져 버린 역사의 한 토막을 되살린다 한들, 예전의 암혼가가 될 수는 없는 법이지. 그것은 이를테면, 네놈들이 만든 강시와 같다. 죽은 것을 되살려 봐야 얻을 것 따위 아무것도 없어."

그것은 씁쓸함이 잔존할지언정, 거짓 하나 섞이지 않은 진심이었다.

사내의 얼굴이 굳어졌다.

"복수도 포기할 셈이오? 억울하게 돌아가신 그대

의 선조들에게 죄송하지도 않소?"

"너는, 나를 모른다."

타오르는 청색 광영이 광장을 가득 메웠다.

"그따위 요언(妖言)으로 날 흔들려 하지 마라. 그곳에 있어보지 않은 너 따위가 내뱉어도 될 말이 아니야. 그분들은 후회 없이 눈을 감으실 만큼 최선을 다해 인생을 사신 분들이다. 대장부로 태어나 복수의 의무는 당연하다 하나 그분들의 유지를 누구보다도 확실하게 이어받은 나는, 그저 새 시대를 살아가는 암천루의 무혼조 조원, 서문종신일 따름이다!"

당당한 외침이었다.

금강석과 같은 의지. 부서지지도, 흔들리지도 않는다. 그저 그 자리에서 아름다운 빛으로 스스로를 증명하는, 순도 높은 보물이 두 눈에 깃든다.

초로의 사내가 비틀린 미소를 지었다. 점점 표정의 변화가 커지고 있는 것이다.

"다시 한 번 묻겠소. 그것이 당신의 뜻이오?"

그의 말이 끝나자마자 서문종신이 손을 휘둘렀다.

우우웅! 쿠구구궁!

그야말로 해일처럼 일어나는 진기의 파도였다. 얼마나 진기가 가득한지, 바늘 하나 들어갈 틈이 없다. 그 파도치는 경력의 소용돌이 앞에는 세 구의 강시가 있었다.

콰콰쾅!

그것은 인간의 힘으로 막아낼 수 없는 일격.

아무리 육신이 단단하다고는 하지만, 다른 누구도 아닌 서문종신의 일수다. 세 구의 강시가 썩은 나무처럼 박살 나며 여기저기 흩어졌다. 도검불침의 육신이 무색할 만큼 맥없이 당한 것이다.

"대답이 되었나?"

"충분히 되었소."

"좋아."

파파팍!

순식간에 치고 나가는 서문종신.

대답은 확고하게 했을지언정 과거의 아픔을 건드렸기 때문인지, 나아가는 발걸음이 무척이나 거셌다. 그 거셈을 이어받은 속도는 전광석화라 해도 과언이 아니었다.

휘몰아치는 경력이 사내의 몸통을 가격하려 할 때였다.

콰콰!

허공을 격하고 나아간 경력이 광장 끄트머리를 폭발시켰다. 얼마나 강력한 일수였는지, 일 장 깊이로 파인 땅덩어리에서는 먼지와 연기가 뒤섞여 올라왔다.

절대고수 서문종신의 일격을 피한 사내.

그는 어느새 계단의 입구에 서 있었다.

사내는 씁쓸하게 왼손을 들어 올렸다.

펄럭이는 장포 자락.

그곳에 피가 얼룩져 있었다. 피한다고 했지만, 몰아치는 경력을 전부 피해내진 못한 것이다. 손끝에서 팔꿈치까지, 살가죽이 터지고 뼈가 으스러졌다.

"감히 정면 승부는 꿈도 못 꾸겠군. 별수 없이 편법을 써야겠소."

굳이 말을 섞을 필요가 없다. 상대는 술사. 틈을 주어서는 안 된다.

다시 한 번 서문종신의 몸이 사내에게로 질주했다.

그때였다.

퍼퍼펑! 콰쾅!

드넓은 광장. 그 끝이 무너져 내렸다.

무너지는 속도가 엄청나게 빠르다. 무엇을 어떻게 했는지, 끝에서부터 계단의 입구까지 순식간에 허물어지고 있었다. 사내는 어디로 갔는지 그림자 하나 보이지 않는다.

"젠장 맞을 것들! 이래서 술사랍시고 젠체하는 것들이 싫단 말이야!"

욕설을 내뱉어도 현실은 달라지지 않는다. 그의 몸이 계단 위로 미친 듯이 질주해 갔다.

콰콰쾅!

저 뒤에서 울리는 파괴의 전주곡.

무너지는 속도가 상상을 초월한다.

서문종신은 실로 오랜만에 본신 절기인 비공참주(飛空斬走)의 신법을 펼쳐 내고야 말았다.

파바바박!

잔영을 남길 정도로 빨라진 몸놀림이다.

공간을 찢고 나아가는 신법. 빛살과도 같은 속도를

보장한다. 천천히 걸어 내려온 이전과 비교할 수 없는 질주였으니, 어느새 입구까지 도달한 서문종신이었다.

저 아래에서부터 올라온 먼지가 그의 하얀 머리카락을 뒤덮었다. 그토록 빨리 올라왔음에도 까딱 잘못했으면 묻힐 뻔했다.

'젠장, 다른 한쪽의 계단으로 내려갔다면 재화가 있었을 거라고?'

다른 한 곳에 군자금이 있다고 한 주제에 용케도 반대쪽 광장을 무너트리는구나 싶었다. 같이 묻히려고 작정하지 않았다면 감히 이런 짓을 할 리가 없다.

'하지만 왠지 무사할 것 같단 말이지.'

불가능을 가능으로 만드는 것. 허무맹랑한 전설이 아닌 현실이다.

마침내 동굴 밖으로 나온 서문종신이다.

그의 눈이 미묘한 광채를 발했다.

'시간이……?'

최초로 이곳에 들어섰을 때가 진시(辰時) 초다. 추운 겨울날 아침이었다는 뜻.

한데 지금은 어둡다.

하늘 높은 곳에서 눈이 내리고, 홀쭉하던 달이 어느새 상당히 부풀어 있었다.

'이게 도대체?!'

단단했던 평정심이 흔들릴 수밖에 없다. 고작 반 시진도 채 지나지 않았다고 생각했다. 아니, 반 시진이 뭔가. 이각이나 지났을까 싶었다.

그럼에도 보이는 광경은 저녁이다. 아니, 달의 차오름을 보면 족히 육칠 일은 지난 것 같다.

"오랜만이오."

저 멀리서 보이는 한 명의 사내.

왼팔에 붕대를 친친 감은 사내다. 바로 전, 광장에서 보았던 초로의 사내.

서문종신의 눈이 사방을 훑었다.

눈에 보이지 않는, 수많은 기척이 느껴졌다. 족히 백에 가깝다. 하나같이 신비한 기도를 흘리는데, 무인으로 치자면 가히 절정고수라 불리어도 손색이 없을 농도의 진력이었다.

"언제 이만한 녀석들을 다 긁어모았나?"

"며칠 되었소. 그 자리에서 죽었으면 좋았겠지만, 역시 무리겠지. 대략 이때쯤 나오겠다 싶더군."

"그게 무슨……?"

"칠 일 만에 보는구려. 물 한 모금 안 마시고도 칠 일을 버텼으니 아무리 고수라도 몸에 무리가 갔을 만도 한데, 여전히 힘이 넘치시오. 과연 암혼가의 당대 가주라 할 만하오."

무슨 소리인지 알 수가 없다.

바로 전에 봤던 놈이 칠 일을 언급한다. 기묘한 말투에, 기묘한 분위기다.

하지만 서문종신은 본능적으로 느꼈다. 알아채 버렸다.

자신이 칠 일간 이 안에 있었음을.

자각을 하자 변화는 순식간에 찾아왔다.

강물을 퍼다 마셔도 채워지지 않을 갈증이 목을 긁었고, 온몸 가득 활력을 주던 내력이 대폭 감소했다. 굴강한 힘이 넘쳐흐르던 전신 근육이 흐느적거리며, 눈이 침침해 주변을 제대로 살필 수가 없다.

당장 무릎을 꿇지 않은 것이 다행이다. 그 변화가

너무 빨라서 창졸지간 정신을 잃을 뻔했다.

식은땀을 흘리며 서 있는 서문종신 앞으로 사내가 걸어왔다.

"칠 일 전에는 하지 못한 내 소개를 하겠소."

은은하게 피어오르는 기도. 지금의 서문종신으로서는 맞상대하기 부담스러울 만큼의 기도였다.

"나는 초혼방 당대 십대혼주 중 일혼주이자, 나머지 혼주들을 총괄하는 대혼주(大魂主) 직을 맡고 있는 반혼(班渾)이라 하오."

십대혼주의 수장.

초혼방에서도 방주인 초혼신과 부방주를 제하면 가장 높은 자리에 있는 수뇌이며, 술법계에서도 절대영역이라 할 수 있는 시(時)와 공(空)을 다스리는 최고위 술사.

서문종신이 이를 악물었다.

"칠 일… 무슨 짓을 한 게냐?"

반혼의 입가에 희미한 미소가 드리워졌다.

"여러 가지 재미있는 일 좀 했소. 내가 건 술법 영역은 나조차도 들어갈 수 없어 당신의 죽음을 기다릴 수밖에 없었지만, 그것은 달리 말하자면 우리에게 많은 시간이 있었음을 뜻하지. 군자금은 당신이 모르는 곳으로 옮겼소. 설령 살아서 돌아간다 한들 이쪽의 금맥(金脈)을 파악할 수 없을 것이오. 아니, 실상 살아 돌아가지도 못할 것이오."

사사삭.

저 어둠 너머에서 희미한 불빛이 일렁였다. 백여 개에 달하는 불빛. 반딧불처럼 은은하면서도 맹수의 살의를 품은 불빛이었다.

"부디 무운을 빌겠소."

* * *

강비가 정신을 차린 것은 그로부터 하루가 지나서였다.

어딘지 톡 쏘는 듯한 약향이 흐르는 곳, 의방이었다.

'아프군.'

몸이 여기저기 쑤신다. 실상 몸에 새겨진 내외상을

생각하자면 이 정도 감각을 유지할 수 있는 것만으로도 감지덕지였다.

정신을 차린 강비 주변으로 일행이 몰려왔다. 그 일행 중에는 처음 보는 중년인이 있었는데, 바로 강비를 치료해 준 의원이었다.

의원이 고개를 설레설레 저었다.

"숱한 무림인들을 치료해 봤지만, 이런 경우는 또 처음이오. 내상이 수복되는 속도가 엄청나게 빠르군. 열흘이나 지나야 깨어날 줄 알았는데, 고작 하루라니… 허!"

어지간히 큰 감명을 받았는지 몸 여기저기를 살핀다. 강비가 인상을 쓰지 않았으면 몇 시진이고 살필 기세였다.

"난 괜찮소."

몸을 고쳐 준 의원에게 보일 만한 행동은 아니지만, 거북한 건 질색이다. 투덜거리며 나가는 의원을 일별한 강비가 복부를 내려다보았다.

새하얀 천으로 둘둘 말린 복부. 유령군주의 묵사검으로 직격을 당한 곳이다. 호천패왕기가 빠르게 일어나 근육은 물론, 그 주변에 파괴당한 기혈들까지 수복하고 있었다. 기분 좋은 회복력이었다.

"어때, 몸은?"

"괜찮소."

"철골도 이런 철골이 없군. 무슨 강시도 아니고, 하룻밤 자고 일어나니 멀쩡해?"

"멀쩡하진 않소."

"정신 차리고 걸어 다닐 줄 알면 멀쩡한 거지, 뭐."

실로 거지 왕초다운 생각이다. 빙글거리며 농을 거는 위진양. 하지만 그 너머에 보이는 어두운 기색을 전부 감추지는 못했다.

"전투는 어떻게 되었소?"

그에 대한 답은 백단화가 했다.

"이겼어요. 이겼으니까 여기서 치료받고 있지요."

"그렇군."

"아, 그리고 광호는 잡아두었어요."

"광호?"

뜻밖이다. 비록 민비화를 제하고 이곳에 있는 어떤

무인들보다도 수준이 낮다지만, 그 역시 일가를 이룬 고수다. 하물며 비사림의 차기 림주라고 하지 않던가. 그런 위험한 작자를 죽이지 않고 잡아둔다?

"어디, 협상할 곳이라도 있는 모양이지?"

"하여간 눈치는 귀신이네요."

톡 쏘는 듯한 말투. 민비화였다.

"용두방주의 제자분께서 저쪽에 잡혀 있대요. 인질이죠. 여기도 인질이 있으니, 서로 맞바꿀 생각이에요."

용두방주의 제자, 후개다. 십만 방도를 이끌 차기 방주가 저들의 손에 잡혀 있다는 건 심각한 문제.

그러나 강비의 눈은 여전히 냉정했다.

"아마 안 될 텐데."

초를 친다 해도 어쩔 수 없다. 그것이 현실이고, 그 말을 이해하지 못할 사람은 여기에 아무도 없었다.

지금은 문파와 문파 간의 경쟁이나 소규모 국지전이 일어난 게 아니다. 조용하고 눈에 잘 띄지도 않지만, 세력과 세력 사이의 전쟁이 터진 것이다.

국가 간의 전쟁과 무림인들과의 전쟁은 다르다. 국

가 간의 전쟁에서는 서로 타협의 여지가 존재하나, 무림인들의 전쟁은 타협이 없다. 어느 한 곳이 무너질 때까지 죽고 죽이는 싸움은 계속된다. 단순한 영역 다툼이 아닌, 생사의 결전이기 때문이다.

그런 싸움에 인질이라니.

“하지만 천랑군주의 말은 사실이야. 적어도 내 눈에는 진실처럼 보였어.”

그만한 경지에 오른 절대고수의 눈이라면 허실을 혼동할 일이 없을 것이다.

강비는 고개를 저었다.

“인질을 교환할 생각이시오?”

“일단은.”

“일단이라 함은?”

“인질을 교환한다 해도 불리한 건 이쪽이야. 상대가 다름 아닌 비사림이라서 문제란 소리지. 애지중지 키워놓은 후계자라지만, 전세에 영향을 미칠 거라면 차라리 버리고 말지 인질 교환에 응할 거라고 보기 어려워.”

제자가 잡혀 있는 상황이지만, 그 와중에도 위진양

의 판단력은 정확했다.

비사림은 마인 집단이다. 비록 그 세력의 모든 걸 속속들이 알 순 없지만, 그간의 행태만 봐도 결과를 알 수 있었다. 저들은 후계자라 해도 필요가 없다면 냉정하게 버릴 만한 독심을 갖추었다.

위진양은?

"나 역시 공과 사는 구분하는 거지일세. 아무리 내 제자라 해도 지금은 전쟁 중이야. 함부로 그런 짓을 할 정신머리는 키운 적 없어."

"그렇소?"

"하지만 사태가 잘만 풀린다면 오히려 이쪽에서도 회심의 한 방을 날릴 수 있는 기회이기도 하지."

부인할 수 없는 말이었다.

위진양은 이번 전쟁에 목숨을 걸었다. 그뿐인가, 그의 제자도, 십만 거지도 마찬가지다. 마음은 아플지언정 전세에 이상이 생길 문제는 제끼고 본다는 것이다.

하지만 광호나 서일 정도의 위치를 가진 인질이라면 전략적으로도 충분히 사용이 가능하다. 상대의 허를 능동적으로 찌를 수 있다는 것. 최대의 성공이라면 서로의 인질을 교환하는 데까지 갈 수 있겠지만, 굳이 그것만이 아니더라도 쓸모 있는 인질은 훌륭한 무기가 된다.

"광호 그놈, 확실히 잡아둬야 할 거야. 어련히 알아서 했겠지만, 보통 놈이 아니니까."

"걱정 마시게. 여기 백 단주가 손을 아주 독하게 썼더구만. 제대로 치료해도 이전의 기량은 되찾기 힘들 게야."

백단화의 얼굴에 당황의 빛이 떠올랐다. 하지만 딱히 반박도 하지 않는다. 생사를 걸고 싸운 전투다. 죽이지 않은 것만 해도 자비였다.

분위기를 쇄신하고 싶었는지, 위진양이 구석에 세워둔 용아창으로 시선을 돌렸다.

"그나저나 이놈의 창, 어찌 된 물건인지 알 수가 없군. 신병이기란 것들을 제법 많이 봐오긴 했다마는, 이건 또 달라. 뿜어내는 신기(神氣)가 무지막지해."

그러고 보니 위진양은 용아창을 쥐고도 아무런 이상이 없는 듯했다. 하기야 당연한 일이었다. 상중하,

세 단전을 일통하고 깨달음이 절정에 오른 고수가 아니던가. 그만한 고수가 자욱한 신기를 내뿜는 병기를 쥔다 하여 심신에 무리가 갈 리 없었다.

용아창을 바라보는 강비의 눈에 희미한 광채가 떠올랐다.

"혹시 이 근처에 대장간이 있소?"

"왜, 무기라도 손보게? 하긴 칼 두 자루가 작살나긴 했더랬지."

"내게 맞는 병장기를 얻으려 하오."

"저 창에 검, 비수에 채찍까지 골고루 찼으면서 무슨 병장기를 또 얻고 싶어서? 지금도 거의 병기 창고라 불려도 손색이 없잖나."

의아할 만도 할 것이다.

무릇 고수라 함은 잡다함과 거리가 멀다. 권법의 고수가 굳이 칼을 들고 다닐 일은 없는 것이다. 하나의 무공에서 극의를 깨달았는데, 이것저것 쓸 필요가 없다.

강비는 고개를 저었다.

"저 창에는 덕을 봤지만, 오롯이 내 전우(戰友)라

불리긴 힘들 것 같소."

"왜?"

"…인연이 아니라고 생각하오."

인연.

이전의 강비였다면 상상조차 하지 못할 말.

그러나 조금씩 천기(天氣)를 받아들이고 세상천지에 얽히고설킨 실타래를 느끼기 시작한 강비다. 논리적으로 설명할 수 없는, 말 그대로 하늘이 내린 연이라는 것을 그 역시 미약하게나마 느낀다는 뜻.

위진양이 너털웃음을 터트렸다.

"인연이라……. 쥐고 휘두르면 그것이 곧 인연인 셈이지, 무슨 인연을 또 따지나, 그래?"

강비의 눈이 커졌다.

아무렇게나 내뱉은 위진양의 말. 그것은 농담이지만, 받아들인 강비에게는 마냥 농담이라 하기 어려웠다.

'쥐고 휘두르면 그게 곧 인연이라?'

어쩐지 아주 틀린 말은 아니라고 느껴진다. 인연이 달리 있겠는가. 개방의 방주와 이리 만난 것도 인연이고, 적이라 생각한 민비화와 동행하게 된 것도 인연이며, 평생 한 번 볼 일이 없을 것 같던 법왕교 신화단의 단주와 비무를 하며 성장한 것도 인연이다.

거창한 것만이 인연이 아닌 셈. 소소한 것이야말로 오히려 인연이라는 단어의 근본이 아닐는지. 천지 만물의 오묘함을 따져 볼 것이 아니라, 일상의 자그마한 것도 살펴봐야 한다는 뜻이다.

미약한 깨달음이 머리 한구석을 흔든다.

보다 깊어지는 그의 눈빛. 강비는 가만히 고개를 끄덕였다.

"방주의 말도 맞소."

"허헛, 그냥 형이라 부르게. 방주는 무슨."

천하의 개방 용두방주가 털털하기도 하다. 강비는 고개를 저으며 몸을 일으켰다.

"그래도 가보기는 해야 할 것 같소."

"대장간? 뭐, 말리지는 않겠네. 대장간, 대장간이라……. 이왕이면 실력 좋은 장인이 있는 곳이 좋겠지?"

당연한 말이다.

위진양이 미소를 지었다.

"마침 근처에 끝내주는 장인 한 명이 있지. 좀 칙칙한 성격이긴 한데, 중원 천하에서 열 손가락 안에 꼽히는 실력이라 내 감히 장담하지. 그것도 아무에게나 무기를 주는 양반이 아니야. 자존심이 세서 그런지, 아는 인맥에게만 병기를 팔거든. 좀 아니꼽긴 해도 실력 하나는 확실해. 몸 좀 추스르고 가보세. 소개시켜 줌세."

*　　　*　　　*

따아앙! 따아앙!

대장간의 열기는 무척이나 거셌다.

입구에서 상당히 떨어져 있는데도 얼굴이 다 따끔거릴 지경이다. 저 안에서 불과 철을 다루는 자는 얼마나 뜨거운 환경에서 일을 하고 있을까, 신기하다는 생각이 든다.

따아아앙!

청아한 소리다.

망치로 철을 두드리는 소리. 높낮이 없는 음이지만, 둔탁하면서도 부드럽다. 마치 음곡을 듣는 듯 매끄럽기가 말도 못할 지경이었다.

"신 노! 나 왔소!"

따아앙! 따아앙!

듣지 못한 것인지 망치 소리는 멈출 줄을 몰랐다. 여전히 맑고 맑다. 눈을 감은 채 듣고 있노라면, 잠이라도 쏟아질 것만 같은 음색이었다.

"신 노! 나 왔다니까! 나 거지요!"

뭔가 인상적인 자기소개다.

따아아앙!

크게 한 번 친다는 느낌이었다. 일의 마무리가 아닌, 휴식을 위한 일격이다.

그런 후, 나직이 투덜거리는 소리가 들려왔다.

"시끄러운 새끼."

귀를 의심하게 할 만한 어조였다. 낮고 둔탁한 음성, 암울하기까지 한 목소리다.

그런 목소리에서 나올 만한 단어들이 아니라서 더욱 넋을 잃게 된다.

천천히 모습을 드러낸 사람은 이제 육십이 좀 넘어 보이는 노인이었다. 추운 겨울이지만 짧은 소매의 옷을 입었다. 상반신 전체가 땀에 젖어 있었다.

제멋대로 뻗은 머리카락이 사자의 갈기처럼 보인다. 위맹한 인상인데, 묘하게도 눈빛은 칙칙했다. 마치 흑색의 비단을 동공에 박은 것처럼 부드러움과 어두움이 공존하고 있었다.

위진양이 웃으며 인사를 건넸다.

"오랜만이오. 한 이 년 됐나?"

"이 년이든 이십 년이든 알 바 아니야. 뭐하러 왔어?"

환영받지 못한다는 느낌이 들 만한 말투였다. 그럼에도 또 이상하게 부드러움이 있다.

"거참, 정 없는 건 여전하시구려."

"거지 앞에서 뭔 정을 찾겠어?"

"정정하겠소. 더 심해졌군."

"뭐하러 왔냐니까?"

"우선 이거나 한 모금 하시오."

허리춤에서 호리병 하나를 건네는 위진양이다. 노

인은 두말없이 받고는 병의 주둥이를 그대로 입에 갖다 댔다. 콸콸, 쏟아지는 액체. 독한 주향이 흐르는데도 표정에 변화는 없다.

싸구려 백주(白酒)를 한참이나 마신 노인이 입가를 닦아냈다. 독한 백주를 마셨으면 얼굴이 붉어지는 게 당연한 일일 텐데, 애초에 제법 붉은 얼굴인지라 전연 티가 나질 않는다.

"뭐하러 왔어?"

일관적인 물음이었다. 대화하기 영 어려운 노인이었다.

위진양은 무엇이 그리도 즐거운지 여전히 속없이 웃었다.

"예전에도 말했지만, 사람이 인연을 맺었는데 너무 야박하게 구는 거 아니오? 그간 잘 지냈느냐, 뭐하고 살았냐, 이런 질문도 오가야지. 신 노는 너무 냉정하오."

"알 바 아니야."

누구라도 울컥 화를 낼 만한 말투였다. 한데 어조가 워낙 특이해서 화보다는 웃음이 나게 한다. 위진양이 연신 웃는 것도 그런 이유에서이리라.

"병장기가 필요한데, 마침 솜씨 좋은 장인이 생각이 나버렸지 뭐요? 신 노가 여기 있는데 내 어딜 가겠소? 냉큼 달려왔소이다."

"네놈에게 병장기가 필요하다고?"

이번만큼은 신 노라 불린 노인도 제법 놀란 기색이었다. 신비하다 싶을 만큼 묘한 눈을 빛낸다. '이놈, 저놈' 해 대지만, 천하의 용두방주, 천하삼절의 일인으로 명성을 떨치는 위진양 아니던가. 그의 독문 무공이 장법임은 천하가 다 아는 바인데, 병장기라니.

위진양이 고개를 저었다.

"내가 아니오."

그제야 알아챈 듯 강비에게로 시선을 돌린다.

신 노의 묘한 눈동자와 강비의 나른한 눈빛이 부딪쳤다.

허공에서 불꽃이라도 튕길 것 같았지만, 그들 사이에 부는 바람은 차디찬 날씨답지 않게 부드러웠다.

"피 냄새가 짙은 녀석이군."

대뜸 한마디 건넨다. 몸 여기저기를 훑는 눈빛이

예사롭지 않다. 정말이지, 세상 천하를 뒤져도 이만큼 독특한 장인은 없을 듯했다.

"많이 다쳤군. 한데 그 꼬락서니는 뭐지? 가슴에 찬 가죽끈은 비수를 담은 것이고, 허리춤에는 검 한 자루. 채찍? 허벅지에는 철정까지……. 어쩐지 무림인치고는 독특하다 싶더니만, 군인이었나?"

말끝은 물음이지만, 살펴보면 딱히 질문이라 하기엔 무리가 있었다. 스스로에게 묻는 질문, 그럼으로써 답을 얻는 유형이다. 혼잣말을 많이 하는 노인이라는 생각이 들었다.

"이 친구가 이래 봬도 한주먹 하는 친구요. 철마신도 때려눕혔으니까."

신 노의 눈이 번뜩였다. 이전에는 보여주지 않던 눈빛. 마치 무림인이 뿜어내는 안광과 같았다.

"광룡왕(狂龍王) 강비."

강비의 눈이 커졌다.

"날 아시오?"

"알다마다."

손을 탁탁 터는 신 노. 그의 표정이 미묘함으로 물

들었다.

"삼사 년간, 무림의 수많은 사건에 연루되던 음지의 무인. 최근에 드러난 전과(戰果)가 대단하다고 들었어. 의선문의 의선총경을 되찾고 비사림의 마인들을 격파한 것부터… 용곤문의 치부를 밝히고 비정철곤 오강명의 인면수심을 만천하에 알린 자. 비사림의 천랑군주를 패퇴시키고, 바로 얼마 전에는 도절 철마신까지 쓰러트린 신흥 강자. 젊은 나이지만 지닌바 무력이 이미 일대 종사를 논한다는 무인. 강호에 떠오르는 신성(新星)이라지?"

강비의 평정심이 남다르다지만, 놀라지 않을 수 없는 이야기였다. 아무리 비범한 장인이라 한들, 이런 건 쉽사리 콕 집어 알아내기 힘든 소문 아닌가 싶었다.

강비의 눈이 위진양에게로 향했다.

소문을 낸다면 십만 방도를 이끄는 위진양밖에 없었다.

과연 위진양이 멋쩍다는 듯 머리를 긁적였다.

"이곳까지 도달하기 전에 방도들에게 소문 좀 흘리

라고 했네. 하남 인근이라 그런지 좀 빨리 퍼진 감이 있구먼."

"왜?!"

"전쟁에는 영웅이 필요한 법이니까. 물론 그 외에도 이유가 몇 가지 있기야 하지."

어처구니없는 심정이었다. 세상에 이름값이 알려지는 것이야 수준 높은 무인에게 숙명이라 하지만, 원치 않은 명성을 일부러 퍼트렸다는 데에야 할 말이 없었다.

"어어, 그렇다고 나 혼자의 결단이라고 생각하진 말아줘. 그쪽 루주하고 연락이 닿았어."

"루주와?"

"서신으로 주고받기에는 민감한 대화들이었지. 요점만 말하자면, 이번 전쟁이 종식되고 나서 암천루는 양지로 올라서겠다는 생각을 하더군. 그 발판으로 삼을 만한 것이 어떤 게 있을까 넌지시 물어오던데, 사실 기묘한 문체로 답을 유도하더군. 그러고 보니 전후에 살아남을 생각을 하는 걸 보면, 이번 전쟁은 반드시 이기는 것으로 보고 있는 모양이야. 그릇이 큰

자야.”

거기까지만 들어도 어떻게 된 건지 알겠다.

아무래도 진관호는 이번 전쟁 이후에 더 이상 음지에서 살아가지 않을 작정인 것 같았다. 양지에서 일을 해보겠다는 건데, 아무래도 여러 분야에서 어려움이 있을 수밖에.

그 어려움을 날려 버리는 길 중 하나가 바로 명성이다. 명성의 힘은 수많은 자잘한 것들을 가볍게 덮을 만한 신비로운 힘이 있다.

‘명성을 이용한다… 완전히 천의맹 쪽으로 붙겠다는 거로군. 명분을 앞세우는 거파들 사이에서 휘둘리지 않겠다는 뜻이다.’

한 번 방향을 틀었으니 그쪽 영역에 있는 것을 적극적으로 이용하겠다는 심산이다. 강비는 그것이 진관호의 머리가 아니라 당선하의 머리에서 나왔다는 걸 알 수 있었다. 전체적인 시야는 진관호가 넓을지언정 이런 꾀부림에 가까운 짓은 당선하가 잘하는 짓이니까.

‘이 양반들이 진짜.’

떨떠름함과 허탈함이 찾아오고 난 후에는 묘한 울화가 치솟는다. 아무리 자신이 암천루 소속이라지만, 상의 한 번 안 하고 이런 짓을 저지르다니.

하나 달리 생각해 보면 상의할 사람이 가까이 없을뿐더러, 준비는 빨리하는 게 좋다는 생각이 들었다. 거기까지 생각이 닿자 차마 화를 내기도 힘들어졌다.

괜히 찔리는 구석이 있는 건지, 위진양은 눈치를 보았다.

"이왕 이렇게 된 거 어쩌겠나, 받아들일 수밖에. 사실 명성이 높으면 좋은 점도 많아. 공술에 공밥 얻어먹기도 좋고, 함부로 건드리는 쭉정이들도 없고. 대우도 얼마나 좋아지는데. 아리따운 여인네들은 눈길 한 번이라도 더 줄 거고. 한마디로 살기 편해진다, 이 말이야."

물론 좋은 점 못지않게 나쁜 점도 수두룩하다는 걸 강비는 모르지 않았다.

공술에 공밥? 허명에 집착하여 그 속에 독을 타는 위인들도 무시무시하게 증가할 것이다. 함부로 건드리는 쭉정이들이 없어지는 대신 작정하고 노리는 떨

거지들도 많아지겠지. 대우라고 해봤자 공술, 공밥의 연장이고, 애초에 여인네들에게는 관심이 없다.

나른한 눈빛이 도끼눈으로 변하자 위진양은 모른 척 시선을 돌렸다.

"너무 그러지 말게. 자네는 암천루 소속이잖나. 뭐, 좀생이 짓 좀 했지만, 그래도 동료끼리 끝까지 갈 거 아냐? 서로 좋은 게 좋은 거 아니냔 말일세."

강비의 표정이 다시 떨떠름해졌다.

당장에라도 한숨을 쉴 것 같은 표정이기에 그는 강비의 등을 떠밀었다.

"자자, 들어가 보자고. 그런 문제는 나중에 얘기해도 되잖아? 늙고 힘없는 노인장 세워놓고 우리끼리 얘기하는 것도 예의는 아니야."

예의를 밥 말아 먹은 집단의 수장이 누구냐며 한마디 쏘아붙이고 싶지만, 이미 기세를 잃었다. 강비는 터덜터덜 대장간 안으로 들어갔다.

신 노는 가만히 뒷짐을 지며 강비를 바라보았다.

"듣자하니 창술을 무척이나 신랄하게 구사한다고 하던데?"

"그런 것도 소문이 났소?"

"이를 말인가. 경천의 창술로 천랑군주를 패퇴시켰다고 하더구먼. 천하에 소문이 자자하네."

소문이 자자하다.

작정하고 퍼트렸으니 그렇겠지.

속으로 조용히 진관호, 당선하, 위진양을 차례로 씹은 강비가 대장간 내부를 둘러보았다.

제법 큼직한 대장간 내부에는 수많은 병장기들이 전시되어 있었다. 대검(大劍)부터 장검에 소검은 물론, 언월도(偃月刀) 같은 대도(大刀) 계열, 팔 척에 이르는 장창에, 삼 척 단창도 보인다. 방천극(方天戟)은 물론이요, 구겸창(鉤鎌槍)에, 월(鉞), 철편(鐵鞭)까지 있다.

말 그대로 없는 게 없다. 중원에 존재하는, 아니, 이국의 무기까지도 존재했다. 저 멀리 서역(西域)에서 쓰는 강철의 십자형 장검도 있고, 만도(蠻刀)도 심심찮게 눈에 띄었다.

강비는 가만히 병장기들을 만져 보았다.

처음 가짓수가 많아 놀라웠다면, 지금은 그 질에

놀란다.

순도 좋은 철을 수없이 두들겨 만들어낸 명장들이다. 하나하나 빠짐없이, 정성이 안 깃든 병장기가 없었다. 용아창처럼 자체적으로 신기를 발하는 신병이기 정도는 아니지만, 천하 어디에서도 쉬이 찾아보기 힘든 강도와 활용을 자랑한다.

"좋은 병기들이오."

순수한 감탄이었다.

대저 좋은 장인은 무인의 친구라 하였다. 장인의 숨결이 깃든 병장기를 보는 강비의 눈에 절로 호감이 깃든다. 나른함을 대번에 날려 버릴 만큼, 병장기들의 상태가 좋았다.

"어떤 걸 고를 텐가? 말만 하게."

"일단 이 비수들을 좀 챙기겠소."

강비가 가리킨 비수는 유난히 짧은 비수였다. 길이가 다섯 치 정도 되는데, 작지만 균형이 잘 잡혀 있었다.

"몇 개?"

"열두 개."

"비도술(飛刀術)?"

"그렇소."

"안 던져 봐도 되나?"

"괜찮소."

강비는 상반신을 사선으로 가로지르는 가죽끈에 비수를 하나하나 찔러 넣었다. 벌써부터 든든한 것이, 던진 걸 다시 회수해야 하나 걱정이 들 정도였다.

"그리고 이것도 하나."

신 노가 고개를 갸웃거렸다.

"직도(直刀)를?"

"등에 멘 칼이 부러졌소. 두 자루면 좋겠지만, 이건 좀 기니까 한 자루로 충분하겠군."

"아니, 검에 비수도 모자라 도까지 챙겨? 누구 주려고 그러나?"

"내가 쓸 거요."

"뭔 놈의 무기를 그렇게 많이 써? 무림인이면 하나의 무기에 목숨을 거는, 뭐, 그런 게 있어야 하는 거 아니야?"

"줄 거요, 말 거요?"

"뭐 필요하다니 주긴 하는데……."

아무 무인에게나 병장기를 파는 것은 아니지만, 신 노는 제법 많은 수의 무인들을 접해보았다. 그들 대부분이 잘 쓸 수 있는 하나의 병장기를 택했고, 더 고른다고 해봐야 비수 몇 자루뿐이었다. 이렇게 작정하고 챙기는 놈을 본 적은 없었다.

"그리고……."

다시 돌아보는 강비. 신 노가 헛웃음을 터트렸다.

"부족한가?"

"일단 이것 좀 처분해 주시오."

허리춤에서 꺼내 든 것은 쌍수장검이었다. 신 노는 말없이 검을 뽑아보았다.

스르릉, 기분 좋은 소리를 내며 뽑히는 검이 시리도록 맑았다.

"나쁘지 않은 검이군."

"보기에 어떻소?"

신 노의 눈이 좁혀졌다.

"나쁘진 않아. 아마 상당한 실력의 장인이 만든 것 같은데, 철의 순도가 그리 좋지 못하군. 두터우니 잘만 다루면 깨질 일은 없겠지만, 칼날의 예리함이 어중간해. 뭉툭할 거면 아예 뭉툭하게 만들 것이고, 예리할 거면 작정하고 예리하게 만들어야지, 이게 뭐야? 단단함에 중점을 둔 건 알겠다만, 너무 어중간한 검인데?"

남의 작품이라서 폭언을 일삼는 게 아니다. 예리한 장인의 눈으로 살핀 결과물이다. 강비는 고개를 끄덕였다.

"다루기에 썩 괜찮은 검이지만, 이왕 여기까지 온 거 더 좋은 놈으로 구하려 그러오."

그 한마디가 신 노에게 제법 기분 좋게 들렸나 보다. 그의 노안에 한 줄기 득의양양한 미소가 어렸다.

"잘 선택했네. 이놈은 내가 처분하지."

도대체 진짜 성격이 어떤지 알 수가 없다. 파악하기 쉽지 않은 노인장이었다.

"검을 고를 거면 이놈으로 하는 게 어떤가?"

한술 더 떠서 골라주기까지 한다. 강비는 신 노가 고른 검을 살폈다.

지금까지 차고 다니던 검과 거의 흡사한 모양새였

다. 단단하고 널찍한 검신에, 양손으로 쥘 수 있는 검병(劍柄)은 시커먼 가죽으로 말았다. 화려한 맛은 아예 배제하고, 실전적인 느낌을 잘 살린 검이다.

특이한 것은 검신의 색깔이다.

은은한 녹청색을 띤 것이, 묘한 서기(瑞氣)가 느껴진다. 신기한 검이었다.

"청목검(靑木劍)이라고 이름 붙인 검일세. 장담하는데, 바위에 깔려도 실금 하나 안 갈 게야. 칼날은 뭉툭하게, 절대로 부러지지 않는 목적으로 만들었지. 어떤가?"

강비는 만족한 듯 웃었다.

"아주 괜찮소. 뜻밖의 수확이군."

검갑에 넣고 허리춤에 거니 절로 든든해진다. 적당한 무게감은 물론, 길이와 착용감까지 더할 나위가 없다. 신기나 마기를 흩뿌리는 괴악한 검들이 눈앞에 있어도 이보다 더 마음에 들진 않을 듯싶었다.

"어디 보자, 창은… 이놈이 좋겠군."

마지막으로 강비가 고른 창은 사모창(蛇矛槍)이었다. 무척이나 긴 일반 사모보다는 짧다. 창대는 일곱

자에 달하고, 뱀처럼 구불구불한 창날은 한 자가 조금 안 되는 길이였다.

일반 사모보다는 짧다 하나, 총 길이가 거의 여덟 자에 달하는 장창이다. 용아창보다도 두 자 가까이 길다.

"사모창?"

"그렇소."

"하기야 창술을 즐겨 쓴다고 듣긴 했지. 한데 더 좋은 놈으로 고르지 않고 그걸 왜?"

"다 좋아 보이는데, 더 좋은 게 있소?"

"물론 내 하나하나 정성스레 만든 거긴 하지. 궁금한 것은 왜 굳이 사모창을 고르느냐 이거야."

평상시 그의 성격대로라면 대답 대신 눈살을 찌푸렸겠지만, 어쩐 일인지 강비는 그런대로 잘 대답을 해주었다.

"창날이 굽이치니 찌르면 상처를 더 악화시킬 수 있잖소? 이왕이면 살벌한 놈으로 고르려는 거요. 힘 딸릴 때 조금이라도 승률을 올려야지."

이유가 간단하면서도 살벌하다.

뒤에서 둘이 하는 대화를 들어본 위진양이 투덜대듯 말했다.

"아니, 천하의 신병이라는 용아창을 가지고 있으면서 뭐하러 창을 또 고르는지 모르겠네. 들고 다니기도 힘들겠구먼."

강비의 표정은 여전히 변함이 없지만, 그 말을 들은 신 노의 얼굴은 그야말로 역변을 했다 해도 과언이 아니었다.

"용아창?!"

"그렇수다."

"네가 말하는 용아창이 그 천신지병(天神至兵)이라는 관운신안(貫雲神眼)의 신창을 말하는 거냐?"

"왜 아니겠소? 그걸로 천랑군주도 박살 내고 잘 나다녔으면서 왜 창까지 고르는지 내 도통 이해할 수가 없다니까."

이제는 숫제 경악한 표정이었다.

그도 그럴 것이, 용아창이라 하면, 무인에게뿐만이 아니라 쇠를 다루는 장인들에게도 꿈에서나마 한 번 보길 원하는 신병이기 아니던가. 신 노가 이리 놀라는 건 당연한 일이었다.

"진짜냐? 정말이야?"

"진짜요, 정말이오."

"그, 그 용아창이 이놈 손에 있다고?"

"어제는 내가 들고 오긴 했소."

"요, 용아창이 있단 말이지……?!"

손까지 덜덜 떠는 신 노였다. 지금까지 보여준 표정 중에서 가장 걸작이다. 웃음이 별로 없는 강비조차 신 노를 보며 피식 새어 나오는 웃음을 참을 수 없었다.

신 노는 한참이나 그렇게 충격을 받더니, 이내 강비의 손에 들린 사모창을 확 뺏어버렸다.

강비의 눈썹이 좁아졌다.

"왜 이러는 거요?"

"너!"

"……."

"용아창을 가지고 있다며!"

"그렇소만."

"근데 왜 내 사모창을 고르는 거야! 비교해 보려

고?! 그런 거야?!"

진짜 모르겠네, 이 양반 성격.

암울한 듯싶다가도 묘하게 부드럽고, 또 어쩔 때는 희희낙락하는 게 어린애와 같았다. 근데 지금은 거의 정신병자 수준의 광증을 보이고 있다.

"용아창은 내 창이 아니오."

"네 것이 아니라고?! 그럼 누구 거야? 누구 건데 들고 다녔어?!"

"있소, 그런 사람. 다시 돌려줘야 하니, 내 창이 따로 필요하오. 그거 다시 이리 주시오."

"안 돼!"

"뭐요?"

"아니, 안 되는 건 아니고… 허, 그것참. 내 하나만 물어보자."

"물어보시오."

"용아창을 다시 돌려주어야 한다고?!"

"그렇소."

"누군지는 말 안 해주고?"

"말해줘도 모를 거요."

"…좋아, 그건 인정하지. 근데 네놈은 욕심도 없냐? 용아창이라며? 그 용아창을 가졌으면 그냥 째버리면 되지, 그걸 다시 돌려줘?!"

진심인가 싶었다. 강비는 신 노의 눈을 가만히 쳐다보았다.

암울함과 부드러움이 공존하던 눈빛에는 혼란만이 가득하다. 어지간히 충격을 받은 듯했다.

"남의 물건 뺏는 취미 없소."

"그거야… 그렇긴 한데……. 근데 너 표정을 보니까 그게 아니야! 뭔가 다른 이유가 있어! 맞지?"

없으면 억지로 만들어서라도 있게 할 기세였다. 강비는 고개를 휘휘 저었다.

"내 손에 안 맞아서 그렇소."

"미친! 그게 말이 돼? 용아창 정도의 신병이라면 누가 쥐든 최고의 성능을 자랑할 텐데?!"

맞는 말이다.

실제로 처음 용아창을 쥐었을 때, 강비는 이전이라면 상상하기도 힘든 무공을 펼치며 길을 뚫었다. 본신의 기량 이상을 끌어내는 신병이기의 능력을 보고 얼마나 놀랐던가.

심지어 손에 잡히는 감촉 역시 최상으로, 그 파격적인 힘에 어울리지 않는 안정감까지 갖춘, 그야말로 다시 보기 어려운 천고의 신창이었다.

"내 인연이 아니오."

"뭐라……?"

"내 인연이 아니라고 했소. 어차피 돌려줄 창이지만, 애초에 나와 연이 없는 물건이란 말이오."

인연이 없는 창.

다시 인연을 들먹이는 강비였다.

신 노의 눈빛이 크게 출렁였다. 강비의 말에 더 큰 충격을 받은 듯했다.

"인연이 아니다……."

나직이 탄식하는 신 노.

무엇을 생각하고 있음인가. 어지러운 눈빛은 그대로였으되, 그 속에는 희미한 광채가 어려 있었다. 그 빛은 무수한 세월을 살아온 노인의 지혜로 가득했다.

"인연… 인연……. 그래, 사람과 사람 사이에도 인연이라는 것이 중요한 법인데, 무인에게 있어 평생의 전우라 할 수 있는 병장기가 인연이 없으면 안 될 일이지."

신 노는 사모창을 다시 벽에 걸었다. 강비의 표정이 살짝 굳어지는 가운데, 그가 손가락 세 개를 폈다.

"삼 일."

"그게 무슨 말이오?"

"내게 삼 일의 시간을 달란 소리다."

"삼 일의 시간을 주면 뭘 어쩌겠다는 거요?"

"사모창을 원한다 했지? 좋다. 삼 일 안에 네놈에게 걸맞은, 네가 말한 인연이 될 만한 사모창을 내 직접 만들어 보이겠다."

강비는 물론, 위진양도 놀랐다. 특히 위진양은 더 놀라야 했다. 누군가에게 주문을 받고 병기를 만든 적은 있어도, 신 노 쪽에서 먼저 만들어주겠다 하는 것을 처음 들었기 때문이다.

"삼 일만 기다리면 된다. 내가 새로이 만든 창이 네게 인연이 될지 안 될지는 모르겠다만, 적어도 명품 소리는 들을 게다. 어떠냐? 기다려 볼 테냐?"

강비와 위진양의 눈이 얽혔다.

위진양은 어깨를 으쓱했다.

“기다려야지 뭐, 별수 있겠나? 그리고 신 노가 누군가에게 병장기를 먼저 만들어준다는 소리를 하는 건 나도 처음 들어. 그 가치를 알면 충분히 기다릴 만하지.”

강비 역시 느끼고 있는 바였다. 이 파악하기조차 힘든 신 노라는 장인은, 누군가에게 먼저 호의를 보이지도, 쉬이 받지도 않는 남자다. 그런 사람이 인연이 될 만한 창을 새로 만들어주겠다는데 어찌 외면할 수 있겠는가. 오히려 복이다.

“삼 일 뒤에 오겠소.”

“좋아.”

지금 당장 작업에 들어갈 듯 어깨에 힘을 잔뜩 넣는 신 노였다.

“아참, 대금 처리는 안 해도 된다. 어차피 개방 지부에서 받아먹으니까. 그리고 삼 일 뒤에 다시 올 때는 용아창 들고 와. 얼마나 후졌기에 인연 운운하는지 내 한 번 보겠어.”

*　　　　*　　　　*

"독특한 사람이지?"

"그러더이다."

"저 양반이 사천당가에서도 한 수 접어주는 실력의 장인이라 하더라고. 확실히 만든 병장기들을 보면 그럴 만도 해. 구파의 이름난 고수들 중 절반이 저 양반이 만든 병장기를 소유하고 있거든. 그만큼 대단한 장인이지."

구파의 고수들이 너도나도 사용할 만한 병장기.

강비 역시 신 노의 실력이 범상치 않음을 느꼈다. 벽에 장식 비슷하게 되어 있던 병장기들은 하나하나가 명품이라 불릴 만한 것이었다. 당장 허리춤에 찬 이 청목검도 예리하지만 않을 뿐, 강도부터 무게까지 보검 소리를 들어도 손색이 없잖은가.

"그건 그렇고……."

강비의 눈이 위진양에게 닿았다.

"어떻게 된 거요?"

"응? 뭐가?"

"루주와 연락이 닿았다고 했잖소."

"아… 어, 그거? 그랬지."

머리를 긁적이는 모양새가 제법 웃기다. 제자가 납치를 당해 어떤 고초를 겪고 있는지 알 수가 없는 상황에도 이런 평정을 유지할 만한 사람이라면, 확실히 보통 그릇은 아니었다.

"언제였소?"

"그리 오래되지는 않았어. 비사림, 그 새끼들이랑 붙기 이틀 전인가?"

"두 사람은 언제부터 서로 연락하고 지냈던 거요?"

"암천루가 이 전쟁에 참여한 그 순간부터."

꽤나 오래된 모양이다.

"물론 두 달 동안 쫓기던 와중에는 정보고 뭐고 받을 틈이 없었지, 살아남기 바빴거든. 그 와중에 제자놈 다치지 않게 막아주랴, 저놈들 머리통 박살 내랴, 별 지랄을 다했더랬지. 염병, 그때 생각하니까 또 열받네."

"그게 아닌 것 같소."

"음? 뭔 소리야?"

"당신, 루주를 알고 있었군. 꽤나 오래전부터."

위진양의 얼굴이 흠칫 굳어졌다가 풀린다. 정곡을 찔린 듯했다.

"용케 그걸 알았군."

"그냥 찔러본 거요."

"클클, 도둑놈이 제 발 저려서 죄다 분다더니. 하지만 자네도 거짓말이 영 서투르군. 알아챌 만한 뭔가가 있었구먼."

"당신이 말한 걸 생각해 봤을 뿐이오."

"내가 말한 것?"

"당신은 루주와 서신으로 정보를 주고받았다고 했소."

"그런데?"

"그리고 서신에 적힌 문체로 그 뜻을 유추했다고 했소."

"그랬지."

"상대의 의도는 눈치 빠른 작자라면 글자에서 풍기는 분위기로 충분히 알 수도 있다고 생각하오. 하지만 표정과 어조, 그 사람 고유의 분위기까지 문체로 알아낼 수는 없소.”

“…….”

“아까 전에 당신은 눈과 표정과 어조로 말했소. 익숙한 사람과 문답을 주고받았다는 듯이. 나의 명성을 이용하라? 직접 언급한 게 아닌 이상 그런 것은 마음대로 확신할 수 없는 문제요. 한데 당신은 루주가 미묘하게 돌려 말했다는 듯, 그렇지만 다 알아들었다는 듯이 말했소. 그리고 실제로 내 명성을 소문냈지. 서로 만나지도 않은 두 사람이 고작 서신을 주고받았다고 그리할 수는 없소.”

“…대단하군. 자네의 머리는 그 무공만큼이나 잘 돌아가는 것 같아.”

어차피 서로 알 만한 사람이라는 생각이었을까, 위진양은 깍지 낀 손을 뒤통수에 대고 고개를 들었다.

“그래. 알고 있었어, 암천루. 암천루의 존재야 그 옛날에도 빤히 알았지. 제대로 파고들지는 못했지만, 그런 단체가 존재한다는 걸 모른대서야 어디 개방이라 할 수 있을까.”

위진양의 눈이 가라앉는다.

평소에는 보여주지 않는, 무척이나 진지한 안광이었다.

"암천루, 강호 음지 해결사 조직. 개방이나 하오문에 준할 만큼 대단한 정보력을 가진 집단. 세작 투입은 물론, 색출에도 능한 조직. 추적과 정보 탈취, 암살에 전투 종결의 해결 방식까지……. 그야말로 만능에 가까운 해결사 조직이지."

천의맹에서 의뢰를 주어 삼대마종과 싸운 지 제법 되었으니, 이런 사항이야 모르기가 더 어려울 터였다. 하지만 위진양의 말에서 풍기는 아득함은 몇 달, 몇 년 단위로 추측할 수 있는 것이 아니었다.

그보다 더 오래전.

위진양은 암천루라는 조직을 알고 있던 것이다.

"그런 조직이 왜 양지로 올라오지 않았는지 참 궁금했어. 어떤 살수 집단보다도 살행 능력이 뛰어나고, 어떤 정보 집단에 뒤지지 않는 정보력을 보유한 조직. 그중 하나만 일구어도 강호에 파란을 일으킬 만한 명성을 떨치게 될 터인데, 그럼에도 암천루는 음지를 지향했지. 수면 위로 떠오를 생각이 아예 없어 보였어."

이야기의 방향이 자연스레 다른 곳으로 흘렀지만, 강비는 묵묵히 그의 말을 들었다.

위진양의 말은 계속되었다.

"이보게, 강 아우. 그만한 저력을 가진 집단이 양지에 올라오지 않고 음지에서 활동하고 있다는 걸 우리같이 양지에서 살아가는 작자들이 알게 된다면, 그때 어떤 생각을 하게 되는지 짐작할 수 있겠나?"

강비는 고개를 끄덕였다. 그런 정도야 이쪽 판에서 몇 년 만 살아가면 충분히 짐작할 수 있었다.

"의심부터 하겠지."

"정확해. 누가 봐도 뛰어난데, 왜 숨어서 지내는가. 황궁과 마찰이라도 있었나? 아니면 강호 전복(江湖顚覆)을 노리는 비밀 세력의 끄나풀이라도 되는 건가? 왜 시궁창 속에 틀어박혀 되도 않는 푼돈이나 만지고 있을까? 세상 밖으로 나오기만 한다면 그야말로 천문학적인 금액을 벌어들일 수 있을 텐데."

"……."

"멀리 갈 것도 없이 이번 전쟁이 시작된 시점부터

보자고. 그토록 오랫동안 강호 음지에서 살아오다 사대마종이 출몰한 그 시점에 갑자기 나타나 의뢰를 받아? 이걸 위쪽 대가리들은 어떻게 해석하겠나?"

"……."

"의심하는 거지. '저놈들은 분명 뭔가가 있는 놈들이다' 라고. 힘을 가진 자, 손톱만큼의 허영조차 없을 수는 없는 거야. 초탈한 신선쯤 되지 않는 한 그건 당연하지. 사람이라면 그래."

강비는 의문을 표했다.

"구파일방은 정백한 정파라고 들었는데?"

"그들이 추구하는 바와 그 안에 속한 사람들의 의지가 전부 일치할 거라고 믿나?"

"그건 아니오."

"그렇지, 그럴 수가 없어. 세상 사람들은 그 숫자마다의 개성을 가지고 살아가네. 그 사람들의 의지가 하나로 귀결된다? 있을 수 없는 일이야. 아무리 신선의 가르침을 받고 부처의 설법을 들어도, 타고난 개성은 어쩔 수 없다는 것이지. 그리고 그런 이들 중 권력의 달콤함을 맛본 자들은, 익힌 신공 구결과 선

현의 가르침이 무색하게도 비뚤어지게 되지. 체면은 있는 대로 차리면서 말이야."

위진양이 나직이 한숨을 쉬었다.

알 수 없는 답답함이 입김으로 나와 허공에서 흩어졌다.

"사유와 궁구로 하루하루를 보내는 진득한 문인들이 아닌, 속세의 파벌 싸움에 끼어든 권력자들은 비정함을 얻는 대신 상상력에 제약을 받게 된다네. 그 상상력이라는 것은 다른 게 아니야. 바로 모든 걸 자기 자신에 맞추게 된다는 것일세."

"자기 자신?"

"권력에 물든 자, 남도 권력에 취할 것이라 믿지. 그러니 경쟁자를 무너트리는 것에 인생을 거는 거야. 돈의 노예가 된 자, 모은 돈만큼이나 다른 상인들을 핍박하게 돼. 내 돈을 빼앗을 게 분명하니까. 여인에 환장한 자? 그건 더 쉬워. 경국지색(傾國之色)이라는 말이 왜 생겼겠나?"

"그건 누구나 가지는 욕망 아니겠소?"

"그래, 누구나 가지는 욕망이지. 하지만 구대문파

는? 산중신선이라 불리는, 정도(正道)를 지향해야 하는, 그 올곧은 길을 걸어 나가야 할 자들도 그 당연한 욕망에 길들어져야 하는가?"

"……."

"그래서는 안 되는 일이야. 구대문파라는 신선 집단에 속해 있다면, 그만한 책임감을 가져야 마땅한 것이야. 내가 택한 길이 아니다? 하면 솔직하게 말하고 뛰쳐나와서 모든 걸 던져 버려야 마땅하지. 사문에서 받은 힘은 힘대로 놔두고, 권력욕은 권력욕대로 취한다? 그때부터는 스스로 책임을 지겠다는 말도 의미를 잃게 되는 게지. 헛된 일에 힘과 권력을 사용하면 정작 아무것도 모르는 민초들만 죽어 나가게 되는 것일세."

"그 말은……."

"그래, 아네. 너무 극단적이고 편협한 시선이겠지. 하지만 명백한 사실이기도 하네. 기실 그런 것은 구대문파의 문인들에게만 적용될 것이 아니야. 무(武)란 무엇인가. 단순한 싸움질에 불과한 겐가? 나는 지금 사람이 살아가면서 마땅히 지켜야 할 도리를 말하는 걸세. 그런 것을 무시하고 제멋대로 욕망에 미쳐 날뛰게 된다면, 그때는 자신만이 아니라 주변 사람들이 피를 보게 마련이야. 주변 사람이 피를 보게 되면 피 냄새를 맡은 승냥이들이 달려들게 되지. 판이 커지고, 싸움은 심화되며, 흐르는 피가 강을 이루게 되네. 그 강물의 대부분은 민초들의 피가 되겠지."

대화의 영역이 확장된다. 암천루에서 구파일방, 거기에 민초들까지.

위진양의 말은 계속 이어졌다.

"나는 그런 자들이 천의맹이랍시고 만든 연맹 자체에도 위화감을 느꼈네. 천의(天意)라니, 이 얼마나 오만한 명칭인가. 이미 자신들이 법이고 정의라는 게야. 진짜 법과 정의는 외면하고 스스로의 안위를 지키기 위해 전쟁을 불사하고 있는데, 어디 불경하게 그따위 이름을 언급한 건지 이해할 수가 없었네."

그건 강비로서도 동감이었다.

천의맹, 이름은 좋다. 천의란 곧 하늘의 뜻이다.

하늘의 뜻에 의해 만들어진 연맹?

우습기까지 한 명칭이었다.

하늘의 뜻을 따른다는 것도 마찬가지다.

하늘의 뜻이 결국 전쟁이며, 저 삼대마종을 물리치는 일인가? 도대체 하늘의 뜻이 무엇인 줄 알고?

이름 하나가 풍기는 파급력이란 그토록 큰 것이다.

마치 하나의 명성이 수많은 사람들에게 영향을 끼치듯이.

"그래도 그런 이름을 내걸었다는 건 그만한 자신감이 뒷받침된다는 뜻일 텐데?"

"그랬겠지. 제대로 된 위정자(爲政者)에게 사태를 파악하는 안목은 필수 덕목이지만, 권력과 욕망에만 눈이 먼 자들은 그것조차 제대로 함양하지 못해. 언제나 최고의 자리에 서서 좌중을 이끌었으니, 전쟁이라 한들 별 어려움 없이 타파할 수 있다고 믿는 것이지. 그 결과 어떻게 되었나. 점창파가 멸문했고, 공동파가 농락당했으며, 금강문 등 위세가 당당하던 문파 몇 곳은 이 세상에서 사라졌네."

다름 아닌 구대문파 중 일익을 차지하고 있던 점창파가 무너졌다.

가장 실전적이고 빠른 검법을 소유했다는 점창파에

이어 웅장하고 그 기세가 사이하기까지 한, 마를 제압하는 검력으로 이름 높은 공동파가 농락을 당했다. 그것도 일개 제자가 아닌 문파의 원로가.

금강문은 어떤가. 구파일방, 오대세가를 제하고서 온 천하에 비할 데 없다는 대문파가 금강문이다. 그런 금강문도 무신성의 방문을 맞이하여 멸문지화를 당했다.

"그때, 암천루에 의뢰가 간 것이지. 저들이 중원에 뿌린 세작을 색출하고 정보를 교란해 달라는 요구였네. 암천루는 그 의뢰를 받아들여 저 삼대마종에게 그야말로 극심하다 할 수 있는 타격을 주었어. 무공 강하고 정정당당함만 아는 이쪽에서는 몇 달을 걸려 해소시킬 일을, 며칠 만에 해결해 버렸다는 것이야."

"더 의심하겠군."

"정확히 보았네. 그만한 능력이 있는 조직이라는 걸 순수하게 인정하면 되는 것인데, 천의맹을 이끄는, 몇몇 권력에 찌든 이들은 그리 생각하지 않았지. '분명 삼대마종이 뭔가 수를 쓰고 있는 것이다', '저들이 저리 쉽게 잡을 만한 세작들이 아니었다', '뭔가를 더 꾸미고 있다' 라고."

위진양의 입가에 조소가 흘렀다.

누구를 향한 비웃음인지는 그 스스로만이 알 것이다.

"물론 인정하기 쉽지 않은 조직에 능력이지. 그만한 조직이 암중에 숨어 지낸다고 뉘라서 쉽게 이해하겠나. 어찌 보면 당연한 반응이기도 해. 하지만 조금만 상황을 읽어낼 눈이 있다면, 다른 것에 신경 쓰지 않고 이 전장의 판도를 바라보았다면, 암천루를 저들과 연관시키는 것은 열 살 먹은 애도 안 할 의심일세."

"…그렇군."

"거기서 터졌지."

"……?"

"나는 맹의 회의에서 암천루를 의심하는 자들에게 많은 질문을 던지고, 이해하고, 확인했네. 그러고는 터트렸지. 암천루는 철저한 의뢰 집단임을, 그간 행해온 의뢰와 사건들을 재조명하여 확실하게 이해시켰지."

강비는 자신도 모르게 탄성을 질렀다.

"역공을 가했군."

"확실히 자네는 똑똑해. 맞네, 그건 역공이었지. 삼대마종이 암천루에 먼저 의뢰를 했다면, 오히려 박살 나는 건 천의맹 쪽이었어. 그걸 이해시켰네. 그것도 일반 회의가 아니었어. 수뇌부만 모이는 수뇌 회의가 아니라 대주급 이상이 모이는 대회의(大會議)에서 공개적으로 망신살을 주었지. 사태를 제대로 파악하지 못하고, 쓸데없는 의심으로 전세에 악영향을 끼치는 그들의 자질이 의심된다며 징계 처분까지 건의했어."

그 뒤는 안 들어도 충분히 유추가 가능하다.

별다른 논거도 없이 암천루를 싸잡아 비난하던 몇 명은 크게 체면이 상했을 것이다. 자파의 제자들이 있는 자리에서 공개적으로 망신을 당한 것이다. 솔직하게 인정할 만한 정신머리가 아닌, 권력에 찌든 자들에게 그것이 얼마나 큰 부끄러움이자 타격일는지.

대저 체면이 전부라 생각하는 자들은 체면이 손상될 경우, 극단적인 행태를 보인다. 그것은 살의의 영역으로 올라갈 정도로 치명적인 것이다.

"물론 사람 하나 부족한 이때에 징계 처분 건의가 통과하진 못했네. 하지만 엄청난 자극을 받았지. 그들은 이제 전쟁을 이기는 것이 아니라, 나를 어떻게 끌어내릴 수 있을까, 어떻게 없앨 수 있을까에 초점을 맞추게 된 걸세."

강비는 자신도 모르게 헛웃음을 지었다.

전쟁을 하는 와중에 자신에게 모욕을 준 아군을 잡으려 한다.

강비의 상식으로는 절대로 이해할 수 없는 행태였다.

"그 뒤에도 나는 그들을 끊임없이 자극했네. 사소한 잘못 하나하나 걸고넘어지며, 그들의 무능력함을 부각시켰어. 나에 대한 분노를 일부러 확장시켰지."

순간, 위진양의 눈이 번쩍이는 광채를 발했다.

"완전하게 날 노릴 때까지."

강비의 눈이 커졌다.

"그럼……?"

"그래. 그들의 비리를 잡기 위해서였네. 그전에 저

질러 온 비리들은 어떤 수를 썼는지 무엇 하나 제대로 파악할 수가 없었네. 건진 것이라고 해봐야 그들을 완전히 파멸시킬 수 없는, 그야말로 자잘한 조각에 불과한 것들이었지. 그런 것은 문제가 되지 않네. 진짜 문제가 되는 중요한 비리는 따로 있기 마련일세."

"그렇다면 그들 중 일부가 삼대마종과 결탁했다는 거요?"

"법왕교의 소교주와 백 단주의 앞에서는 일부러 말하지 않았네. 혹시라는 게 있으니까. 삼대마종이 날 노린 이유는 법왕교주와 정보를 주고받아서가 확실해. 하지만 두 달 동안이나 개방의 눈을 속여 가면서 절묘한 지형으로 날 몰아가는것은 결코 아무나 할 수 없는 일이야."

위진양의 눈이 분노로 이글거렸다.

"내부 동조자가 없다면!"

기가 막힌 일이다.

스스로 미끼가 되어 권력과 욕망으로 타락한 자들의 비리를 들추어낸다. 그것은 전략이라 부르기 민망할 정도로 무모한 짓이었으나, 성공만 한다면 절대적인 위력을 발휘하는 폭탄이 될 것이다.

"물론 그것 하나만 노리고 움직인 건 아니야. 하나하나가 맞아떨어져 어찌하다 보니 여기까지 오게 된 것이지. 이미 선풍개는 저들이 삼대마종과 결탁했다는 증거 문서를 작성했고, 언제 터트릴지를 가늠하는 중일세. 기어코 날 죽이려 했는지, 두 달 동안 수십 차례나 저들 수뇌부와 정보를 주고받았더군."

목숨을 건 도박에 성공했다는 것이다.

위진양이 강비를 보며 피식 웃었다.

"목숨 값이 세상에서 가장 큰 빚이라지만, 자네는 정말이지 내게 엄청난 은혜를 베푼 셈이네. 내 목숨을 살려주었고, 그로 인해 나는 선풍개에게 증거 문서 터트릴 시기를 조정하면서 천랑군주 등 비사림의 마인들을 박살 낼 수 있었으니까. 더하여 내 제자가 저들에게 걸렸다면 그 자리에서 죽었어야 할 터인데도, 아직 인질이 되어 있다는 것은 내가 살아 있기 때문이기도 해. 자네 덕택에 내 제자까지 실낱같은 목숨이나마 유지하고 있다는 것이지."

"그런 건 신경 쓰지 않소."

"그래, 그리 답할 줄 알았네."

"내가 궁금한 건……."

강비의 나른한 눈이 모처럼 활활 타올랐다.

"당신이 루주를 언제부터 알고 있었느냐, 그것이오."

"아니, 그것이 아니겠지. 자네는 이미 내가 암천루와 별 상관도 없는 천의맹의 지저분한 정치 얘기를 왜 했는지 눈치챈 것 같은데?"

그랬다. 강비는 눈치를 채고 있었다.

왜 위진양이 암천루에 대한 이야기를 하다 말고 샛길로 빠졌는지.

"…당신이 암천루를 이용했군. 천의맹이 우리에게 의뢰를 하도록, 암천루가 이 전쟁에 개입하도록, 뒤에서 사태를 조장한 건 당신이었어."

"정확해."

위진양의 얼굴에 씁쓸함이 떠올랐다.

"암천루의 능력을 누구보다도 잘 알고 있다 자부하는 나는 그들의 능력을 이용해서 삼대마종의 세작들을 색출하려고 했네. 그 출중함을 충분히 인지하고 있었으니, 오히려 외면하는 게 바보 같은 짓이지. 하지만 바라는 게 하나 더 있었어."

"……."

"그건 바로 현 무림의 균열이네."

"균열."

"그래, 균열. 현재 무림은 너무 단단하게 덩어리가 져 있어. 그 덩어리 안에 인면수심의 악한이 있어도, 같은 부류에 속하니 눈을 감아주고 있지. 하지만 사마외도의 악도들을 쳐부수고자 함께 협의를 세운 자들이 동문이라고 해서, 자파의 제자라고 해서, 사형제라고 해서 봐준다는 건 언어도단이자 어긋난 잣대에 불과해. 그런 것은 인정(人情)도, 뭣도 아니야. 똑같이 물들어가는 거야. 한 번 눈을 감아주었으니 두 번도 가능할 것이고, 그런 행태들을 봐가니 천천히 먹물에 물들어가는 게지. 근묵자흑(近墨者黑)이라 하지 않던가. 이 과정이 심화되면… 그 어떤 약으로도 치료할 수 없는 최악의 병마(病魔)가 되어버릴 걸세. 그런 자들이 전쟁에서 승리한다? 승리해도 문제지. 누구 덕에 중원무림이 승리하게 되었는가, 누구 덕에 소소한 평화를 얻게 되었는가……. 스스로 존귀하게 만드는 데에 그만한 디딤돌이 또 있을까? 존경을 받는 것이 아니라, 착취할 것이 빤하지."

충분히 이해가 가는 말이었다.

이해가 가는 말이되, 와 닿지는 않는다. 서로 속한 영역이 다르기 때문이리라.

"당신은 암천루의 저력을 알고 있다고 했소. 그것은 아무리 정보력이 뛰어난다 한들 속속들이 파악할 수는 없는 것이오. 직접 보고 느껴야 알 수 있는 것들이지."

"…그렇지."

위진양이 걸음을 멈추고 하늘을 바라보았다.

어둑한 하늘. 곧 눈이라도 펑펑 쏟아질 것 같았다.

"천하삼절(天下三絕)을 알고 있겠지? 자네가 철마신 만효를 죽였으니, 이제 천하이절이라 불리어야겠군."

"알고 있소."

"부끄럽게도 내가 그 삼절의 한 자리를 차지하고

있었네. 장절이 나일세. 철마신은 도절이지. 다른 한 명이 누군지 아나?"

"비천신, 권절이라고 알고 있소."

"……."

"…설마?!"

"그래. 한참이나 젊은 나이, 짧은 강호행으로 무시무시한 무명을 날리고 사라진 무인. 권법 절기의 위맹함이 실로 지고의 경지에 다다라, 그 어린 나이에 권절의 칭호를 얻은 일대 호걸."

위진양이 강비를 직시했다.

"비천신 진관호. 그가 바로 누구도 알지 못하는 권절의 정체야."

"루주가… 권절?"

충격이었다.

이미 일대 종사에 달하는 자임은 알고 있었지만, 설마 진관호가 비천신이라 불리는 권절일 줄이야.

"우습지 않나?"

"뭐가 말이오?"

"권절이 강호에 나온 시절은 무척이나 짧아. 그것

도 벌써 이십여 년 전의 이야기지. 강호행? 일 년도 채 하지 않았어. 물론 그 당시에 보여준 무력은 실로 놀라운 것이지만, 그때의 명성이 지금까지 이어오고 있다는 게 이상하지 않나? 이십 년 전의 사람, 죽었는지 살았는지도 모르는데."

그것은 확실히 이상한 일이었다.

굳이 파고들자면 이십 년이나 회자될 만큼 그의 무공이 강렬한 인상을 남겼다는 것이겠지만, 위진양의 말대로 그는 과거의 사람이다. 이십 년이 지난 후에도 천하삼절의 일인으로 꼽히는 건 이해할 수 없는 일이다.

"개방에서 소문을 끊임없이 냈기 때문이지. 사람들의 인식에 박히도록, 사람들의 기억에서 지워지지 않도록. 언제까지나 강호를 종횡하고 있다 착각하게끔."

"개방에서? 도대체 왜?!"

"그가 나의 사형이기 때문이야."

"……!!"

이번엔 진짜로 놀라 버렸다.

느닷없이 터져 나온 폭탄선언이다. 현 개방의 용두방주이자 장절이라 불리는 용화신 위진양이, 권절 비천신 진관호의 사제라는 소리였다.

“그는 나보다 먼저 전대 용두방주, 내 사부이신 용안개(龍眼丐)의 제자로 들어섰어. 하지만 모종의 이유로 파문당했지. 이후 십 년도 채 지나지 않아 일인전승 문파의 우두머리 신분으로 강호에 나섰어. 그때 그가 보여준 무위는, 그야말로 경악할 만한 것이었지. 신위(神威)란 그럴 때 쓰는 단어지. 구파에서도 쉽사리 처리하지 못하던 혈마령(血魔令) 이백 마인을 하룻밤 새에 전멸시키고, 점창파의 장로를 삼십 합 만에 쓰러트렸던 마월랑(魔鉞狼)은 그의 주먹에서 십 초를 견디지 못했어. 최악의 마적단이라는 오백의 혈무단(血舞團)? 반나절도 지나지 않아 모조리 몰살당했다. 서른도 되지 않은 나이에 이미 정점에 달한 무력으로 자기 자신을 증명한 희대의 기린아, 고금에 있어 손에 꼽히는 완전한 무(武)의 재능을 꽃피우던 비운의 천재. 그가 바로 나의 사형이자, 강호에서 비천신이라 불리는 진관호다.”

나름 부동철심을 가졌다고 자부하는 강비조차 이 놀라움 앞에서 평정심을 유지하기 어려웠다.

진관호.

전대 용두방주인 용안개의 제자이던 남자.

천하삼절 중 권절, 비천신이란 별호로 추앙받는 신비의 무인.

위진양은 씁쓸하게 말했다.

"나는 아직도 그를 내 사형이라 생각하네. 하지만 그는 날 어찌 생각할지 모르겠군."

3. 흑호령주(黑虎令主)

하늘하늘 떨어지는 눈송이가 묘하게 정겹다.

바람은 없는 날이다. 눈은 거칠게 움직이지 않아도 알아서 세상 구경까지 할 수 있었다. 천천히 대지를 향해 내려앉는 눈송이들은 아무런 소리도 내지 않았다.

진관호는 목을 이리저리 뒤틀었다.

우두둑, 소리가 살벌하리만치 심각하게 들려온다. 목을 풀려고 뒤틀었는데 척추까지 시원해지는 느낌이다. 그만큼 오래 앉아 있던 탓이리라.

"이번 해도 눈깨나 쏟아지겠어."

힐끗 하늘을 보니 시시각각 어두워지는 구름이 보인다. 한여름이었다면 소나기를 퍼부었을 그 구름은 눈에 보이는 모든 곳을 향해 쭉 퍼져 있었다. 드넓은 중원 땅덩어리 전체를 눈밭으로 만들어 버릴 작정인 듯 열심히 힘을 주고 있었다.

"나이 먹어서 하늘을 쳐다보는 습관은 버리라고 누가 그러던데요. 주책도 그런 주책이 없다고."

진관호의 입가에 가느다란 미소가 걸렸다.

"누가 그러대?"

"강비가 그랬죠. 그런 자기도 이제 삼십이 갓 넘었으면서 별소리를 다 한다 싶었어요."

"하하, 그래도 그 녀석 말이 얼추 맞기야 하지. 주름 가득한 얼굴로 하늘 올려다봤자 돈이 떨어지나, 명예가 떨어지나? 남는 건 후줄근한 현실 한 자락뿐이지."

"후줄근한 현실이 되지 않으려고 저는 오늘도 열심히 노력하네요."

진관호는 껄껄 웃었다. 여전히 피곤한 눈이지만 그 웃음에는 나름의 호기가 있었다.

당선하는 가만히 쟁반을 내려놓았다.

“이건 뭐야?”

“약이요.”

“죽엽청주에 내가 모르는 건강 효능이 있는 건가?”

“시름을 잊게 만들어주는 효능이 있죠.”

“그거야 작정하면 누구나 가능하고.”

“그 작정을 누구나 다 하지 못하니 문제죠.”

진관호는 피식 웃으며 의자에 앉았다. 제법 잘 빚어진 자기병에 죽엽청주의 맑은 액체가 찰랑이고 있었다.

양손을 들어 올려 병과 술잔을 집은 진관호가 문득 생각났다는 듯 당선하를 올려다보았다.

“안주는?”

“없어요.”

“안주가 없다고?”

“네.”

“왜 없어?! 안주 없이 어떻게 마시라고?”

“그냥 마셔요. 귀찮게 뭘 또 만들어 와요?”

“아니, 네가 만들어 오는 것도 아니면서 뭘 그래?

다 동 숙수가 하는 거잖아. 나 돼지고기 삶은 거 먹고 싶어."

"그럼 직접 부탁해 보시든지요."

진관호는 입맛을 쩝, 다셨다.

"됐다. 그 양반도 눈 내리는 날에 좀 쉬고 싶겠지. 괜한 걸로 움직이게 하고 싶진 않아."

"직접 가서 주문하기 귀찮다고 솔직하게 말씀하시죠?"

"…그런 것도 있고."

그런 것도 있는 게 아니라 그게 전부일 게 분명하지만, 당선하는 상관의 자존심을 나름 지켜주는 여인이었다. 고아하게 술을 따르고 천천히 한 잔 들이켜는 진관호의 모습을 보며, 당선하 역시 자신의 잔에 술을 따랐다.

목울대를 한껏 울리며 주향을 있는 대로 느끼는 진관호. 그가 칙칙한 눈으로 당선하가 쥔 술잔을 바라보았다.

"마시게?"

"네. 왜요?"

"한 병으론 부족한데… 이거 다 비우면 네가 가지고 와라."

당선하의 얼굴이 순식간에 늘어졌다. 귀찮음이 있는 대로 묻어 나오는 표정이다.

"탁자 밑에 검남춘 한 병 숨겨둔 거 다 알아요. 그거 꺼내요, 그냥."

"야야, 저거 아끼고 아끼는 거야. 사천에서 직접 공수해 온 알짜배기 술이라니까 그러네."

"좋네요, 간만에 검남춘."

진관호가 숨넘어가는 소리를 냈다.

"야! 진짜 너무하는 거 아니야? 상관이 피로에 지칠 때마다 한 잔씩 먹으려고 빼놓은 건데, 그걸 탐하겠다고? 진짜 이놈의 조직 언제 한 번 갈아엎어야지, 원. 이렇게 존중 못 받는 상관이 세상 천지에 어디 있어?!"

"여기에 있네요."

결국 입을 다물고 술잔만 들이켜는 진관호다. 다른 사람은 모르겠지만, 이 당선하라는 당찬 아이는 혓바닥으로 감히 넘볼 수 없는 강자라는 걸 오래전에 깨우친 바였다. 말로 싸워봤자 자신만 손해다.

"서류 확인은 다 하셨어요?"

"다 했다."

"인가(認可)는 언제 내주시려고요?"

"무슨 인가?"

"사천 쪽 비선 정보망에 이상이 생겼다니까요. 공금 써야 돼요. 얼른 쾅쾅 찍어서 주세요."

"아, 그거 했어. 이따가 나갈 때 서류 가지고 나가."

"네, 알겠어요. 참, 절강에 무정상단 건 말인데요."

진관호가 이번에는 학을 뗐다.

"이봐, 나 진짜 오랜만에 쉬는 거야. 술 좀 마시자, 술 좀. 이런 자리에서까지 일 얘기를 할 필욘 없잖아."

"우리 루주님 말려 죽이려면 뭔들 못하겠어요."

"그놈의 주둥이, 진짜 내 언제 한 번 때려준다."

"몇 년 동안 못하고 계신 걸 언제 하시게요?"

죽었다 깨어나도 못 이기겠다. 진관호는 순수하게

자신의 패배를 인정했다.

"됐다."

투덜대면서도 용케 한 잔을 넘긴다. 자기병이 크지 않아 술은 금세 절반 이하로 떨어졌다. 진관호의 눈이 안타까워졌다.

그때였다.

"루주님."

"음? 어, 들어와."

문을 열고 들어온 사람은 진관호보다 조금 더 어려 보이는 장년인이었다. 손에는 당선하가 들고 온 것보다 큰 쟁반이 있고, 그 쟁반에는 삶은 돼지고기와 두 개의 술병이 정갈하게 세워져 있었다.

"그게 뭐야?"

"당 총관이 시켰습니다, 루주님 안주라고."

진관호가 도끼눈을 뜨고 당선하를 노려보았다. 당선하는 어깨를 으쓱거렸다.

"재미있잖아요?"

"상관을 조롱하고 업신여기니까 좋아?"

"어머, 무슨 그런 말씀을 하세요? 일종의 장난이

에요."

"그 장난 몇 번 치다가 울화로 뒷목 잡고 쓰러지겠다."

동 숙수는 웃으며 쟁반을 내려놓았다.

"그럼 맛있게 드십시오."

"어어, 동 숙수도 와서 같이 들지? 괜히 고생했을 텐데."

"저는 좀 쉬다가 저녁 준비해야죠."

"오늘 저녁은 그냥 알아서들 대충 때우라 해. 어떻게 사람이 만날 집밥만 먹고 살아?"

"하하, 술은 나중에 마시기로 하시지요."

연신 웃으며 손사래를 치더니 휙 나가는 동 숙수다. 진관호는 감동으로 붉어진 눈으로 문을 바라보았다.

"본 루에서 가장 일을 열심히 하는 건 아마 동 숙수일 거야. 저 봐봐, 얼마나 성실하냐. 너도 좀 본 받아라."

"다들 열심히 하고 있어요. 루주님이 못 보고 계신 거겠죠."

"하여간 그 주둥이. 아오, 나이 많은 내가 참는다."

"감사하네요."

말로는 절대로 지지 않는다. 진관호는 깨끗하게 씻은 젓가락으로 돼지고기를 집었다. 두툼하게 썬 것이, 냄새부터가 이미 진미임을 증명하고 있었다.

입에 넣으니 기름기 쫙 빠진 돼지고기가 연하게 녹는다. 황홀경도 이런 황홀경이 또 없다. 한참이나 육향을 음미한 그가 죽엽청주 한 잔을 들이켰다. 강렬한 주향이 육향을 없애고 깔끔한 뒷맛을 보장한다.

"크으! 내가 이 맛에 산다. 너무 맛있어서 그냥 뒤로 넘어가겠어. 죽는다, 죽어."

"루주님이 돌아가시면 제가……."

"닥쳐, 뒷말은 듣지 않겠어. 요망한 것 같으니라고."

말장난을 원천봉쇄한다. 당선하는 입맛을 다셨다. 공격도 못해보고 물러서는 심정이란 떨떠름함을 동반하기 마련이다.

"그나저나 루주님."

"뭐, 왜? 또 뭐가?"

"반응이 왜 이렇게 격하세요?"

"시끄러. 시답잖을 소리 할 거면 조용히 있으셔. 간만에 즐기고 있는 거 안 보여?"

"문득 생각이 난 건데요."

"미리 말하지만, 말장난이면 삶은 돼지고기에다가 얼굴 꽂을 줄 알아."

"강비, 그 인간이요."

"강비?"

진관호의 눈이 살짝 번뜩였다.

강비. 아무래도 그 이름이라면 농담이라도 쉬이 넘기기 힘들다. 당선하는 술을 한 잔 넘기고 말을 이었다.

"지금 개방의 용두방주랑 같이 오고 있다고 했죠?"

"그랬지."

"어쩌다가 둘이 동행하게 됐대요?"

"모르겠다. 만나서 직접 들어봐야 알겠지, 뭐. 진양이 말로는 죽을 뻔한 걸 용케 나타나서 살려줬다고 하던데? 적룡이니 뭐니 말이 많더만."

당선하의 눈이 살짝 커졌다.

그녀의 변화를 눈치채지 못한 진관호는 손가락으로 수염을 쓰다듬었다. 나름 흐뭇한 미소를 지으면서.

"그나저나 자식, 오면 아주 묵사발이 되도록 패줄까 했는데, 근 열 달 동안 철마신을 박살 낼 정도로 강해졌다, 이거지? 거, 진즉에 열심히 하지. 클클, 덕분에 의뢰 성공률이 더 높아지겠군. 서문 노인이 하던 걸 좀 넘겨도 되겠어."

강비가 들었다면 끔찍해할 만한 말을 잘도 내뱉는 진관호였다.

"루주님."

"일단은 실력부터 차근차근 알아보고, 한 번 찔러준 다음에 사천으로……."

"루주님."

"어? 어, 나 불렀어?"

"방금 뭐라고 하셨어요?"

"뭘 뭐라고 해?"

"방금요. 진양이라고 했잖아요?"

진관호가 눈을 끔뻑댔다. 피곤에 절어 있는데다가

빈속에 술까지 들어부었으니 금세 취기가 오른 듯 눈 주위가 붉었다.

"진양이가 뭐 어쨌다고?"

"개방의 용두방주 이름을 그렇게 쉽게 부르시다니, 처음 보네요."

"…아, 그거? 아니, 뭐, 사람이 말을 하다가 툭 튀어나올 수도 있는 실수 비슷한 거지."

"실수 맞아요?"

"내가 설마 대개방의 용두방주이자 명성 자자한 용화신을 무슨 배짱이 있다고 이름까지 친근하게 불러 대겠어? 어디 가서 말하고 다니지 마라. 타구봉으로 쥐도 새도 모르게 얻어맞을라."

"완전 익숙하던데."

"어허이, 착각이야."

"착각 아닌 것 같은데."

진관호가 술을 따르며 너스레를 떨어 댔다. 딴에는 분위기를 전환시켜 보자는 심산이겠지만, 어색하게 굴리는 눈동자가 보는 이의 의심을 한없이 증폭시켰다.

"그나저나 이거… 술잔 예쁘다. 하나 장만해야겠어. 어험."

당선하의 눈에 은근한 빛이 맴돌았다.

"루주님."

"쩝쩝, 고기가 잘 삶아졌네."

"용두방주랑 친분이 있죠?"

진관호의 입에서 푸우, 하는 소리가 터졌다. 그런 소리가 나려면 입안에 무언가가 있으면 안 되는 것이 지당한 이치다. 결국 씹던 돼지고기 조각들은 당선하의 아리따운 얼굴 이곳저곳에 찰싹 달라붙었다.

"쿨럭! 커허헉, 콜록콜록! 어, 큼큼. 아, 젠장. 사레들렸네. 코에 고기 조각 들어갔나 봐."

당선하의 표정에 변함은 없었다. 깔끔한 천으로 얼굴을 닦아내는 와중, 그녀의 하얀 이마에 시퍼런 핏줄이 돋았다.

"사과 한마디 없으시네요?"

"응? 아, 그래. 야아, 미안하다. 고개라도 돌리는 건데, 내 불찰이 크다. 얼굴은 괜찮냐?"

"안 괜찮으면 어쩌시게요?"

"우리 선하, 이제 몇 년 뒤면 서른인데, 피부 관리 좀 해야지? 내가 용한 의원 알고 있어. 피부 좋아지는 탕약 준비해 놓으라고 일러두……."

"용두방주랑 엄청 친하구나."

이번에도 사레가 들린 듯 격한 기침을 해 댔지만 입안에 아무것도 없는 게 다행이었다. 침 몇 방울 튀는 것 정도야 대답을 듣기 위해서 참을 수 있다. 당선하의 자세와 표정은 변함이 없었다.

당선하가 얼굴을 닦던 천으로 코를 팽, 푼 진관호는 의자에 등을 묻었다.

"어, 취한다. 나 잠깐 눈 좀 붙일게. 이거, 돼지고기는 아까우니까 선하가 다 먹어."

"침이랑 분비물이 폭포수처럼 튄 거를 어떻게 먹어요?"

"속에 들어가면 다 거기서 거기야. 뭘 새삼스럽게."

"새삼스러워야죠! 어쨌든 용두방주랑 '개인적인' 친분이 있는 거, 맞죠?"

진관호가 한숨을 쉬더니 새끼손가락으로 귀를 후볐

다. 무척이나 불량해 보이는 태도다.

"아, 젠장. 야, 술자리에서 뭔 그렇게 말이 많으냐? 조용히 좀 마시자, 쫌!"

"궁금증을 해소시켜 주면 조용히 대작 상대가 되어 드릴게요."

"개인적인 친분 없어. 대답 됐지?"

"거짓말은 하지 말고요."

"어차피 듣고 싶은 거만 들을 거면서 왜 내 대답이 필요한 거야? 애초에 거짓말이라고 단정을 지었네. 망할 것."

"그런 건 아니에요."

"진짜 없어. 됐어?"

"진짜요?"

"몇 번 더 물을 거냐?"

당선하는 의심쩍다는 눈으로 진관호를 바라보았다. 툴툴대며 돼지고기 한 점을 집는 행동이 무척 자연스러웠다.

'분명 뭔가 있군.'

진관호가 이 정도로 당황하는 모습은 몇 번 본 바

가 없다. 분명히 개인적인 친분이 있을 것이다. 그녀는 그것을 확신했다.

그럼에도 친분이 없다며 극구 부인하는 이유가 뭘까? 그게 뭐 그리 밝히기 어려운 거라고?

'사연이 있다는 건가?'

개인사는 존중해 줘야 하는 것이다. 굳이 말하고 싶지 않다는데 더 이상 파고드는 것도 못할 짓이다. 이미 충분히 파고들긴 했지만.

조용히 술잔을 들어 올리는 당선하를 일별하고, 진관호는 창밖을 바라보았다. 입안에는 돼지고기를 한껏 우물대고 있지만, 그의 감각은 맛조차 느끼지 못할 정도로 다른 곳을 향해 있었다.

'진양.'

어슴푸레 떠오르는 얼굴.

하도 오래전에 봐서 그런지, 온전한 그의 모습을 떠올리기가 어려웠다.

그럼에도 분명히 기억하는 것.

바로 온몸 가득 흘러넘치는 정기(正氣)다.

호탕함과 협기로 이글거리는 눈, 그 기상만큼이나

꼿꼿하게 선 콧날, 사악함을 혐오하고, 비겁함에 분노하며, 의기천추를 외치는 성난 입.

누가 보아도 호감이 가는 그 상(相)의 윤곽만큼은 잊고 싶어도 잊을 수 없는 것이었다.

오늘처럼 눈이 한 송이, 한 송이 떨어지던 어린 시절, 파문 절차인 타구형(打狗刑)으로 만신창이가 된 몸을 이끌고 눈밭에서 비틀거리던 그날, 절뚝거리는 다리를 기어이 놀려 한 걸음, 한 걸음 힘겹게 나아가던 그날.

대성통곡을 하며 가지 말라 외치던 위진양의 모습이 떠올랐다.

꺼이꺼이 토해낸 울음에는 칼날로도 끊을 수 없는 짙은 정이 한가득이었다. 귓속으로 파고드는 사제의 울음을 들으며 울컥 터져 나오는 눈물을 참지 못해, 흐느끼고 또 흐느끼면서 걸어 나가던 그 추운 어느 겨울날의 광경.

열일곱이면 다 컸다고 할 수 있지만, 그날 느낀 외로움은 나이의 많고 적음으로 잴 수가 없는 격정이었다. 지금까지 살아오면서 가장 슬프던, 가장 외롭던,

그래서 죽어서도 잊지 못할 그날의 광경이 진관호의 눈으로 환상처럼 비쳐 들었다.

어느새 현실로 돌아온 진관호.

그는 입안으로 술을 털어 넣었다. 쓰고도 달달한 주향이 코 밖으로 훅 새어 나왔다.

'진양… 혈사문에 당했다고 들었는데, 몸은 잘 추슬렀는지 모르겠구나.'

강비가 구했다니, 실로 천행이었다. 어떻게든 이쪽과 인연이 이어지는 걸 보면 확실히 사람 인연이라는 게 있긴 한 모양이다.

희미하게 빛나는 진관호의 눈동자.

한 잔 술을 매개 삼아 다시 과거의 한때를 되짚어 가는 눈동자다.

그 고통스러운 외길의 마지막에서 한 명의 은인을 만났다.

첫 번째 사부와 연을 끊고 만난, 생에 두 번째 스승이자 마지막 스승.

심산유곡(深山幽谷)에 은거한, 말로만 듣던 은거기인과의 만남이었다. 그것도 일검에 폭포를 끊어내고 이검에 절벽을 갈라내는, 그야말로 천외천의 경지를 구축한 절대자와의 만남으로 진관호는 새로운 생을 얻었다.

밤잠을 아껴가며 스승의 가르침을 몸에 새긴 구 년이었다. 살아 움직이는 모든 행위를 무공에 쏟아부은 구 년이었다.

그렇게 우화등선 직전, 스승께서는 모든 내공을 제자에게 물려주시고 홀연히 사라지셨다. 진관호는 삼 일 동안 스승의 등선에 고개를 조아렸고, 그 후 강호에 나서 악도를 멸하는 데에 두 주먹을 걸었다.

수많은 사마외도의 악도들이 그의 주먹 아래 쓰러졌다. 피에 젖은 혈마령 이백 마인을 하룻밤에 전멸시키고, 천하를 방랑하며 제멋대로 살인과 약탈을 머금던 혈무단을 이 세상에서 소멸시켰다.

그렇게 숱한 협행을 하던 와중.

점창파의 장로를 격살한 마월랑이 이번에는 개방의 후개에게 도전을 신청한다는 소문을 들었다. 마월랑은 정정당당하게 비무첩을 내밀며 구파일방의 고수들과 격전을 벌여 상대를 잔인하게 살해하기로 악명이 높았다.

점창의 장로만이 아니라 그 이전에는 청성, 아미의 고수들도 마월랑과의 비무에서 목숨을 잃었다고 하였다. 분노는 할지언정 누구도 마월랑을 건드리지 못했다. 살해 방식이 아무리 잔인했어도, 그는 정당한 비무에서의 승자였을 뿐이다.

그런 그가 개방 후개에게 도전장을 던졌다.

당대 개방의 후개라면 위진양일 터. 아무리 무공에 재능이 출중한 후개라도 구대문파의 원로 고수들조차 패사시킨 마월랑을 당해낼 수 없으리라. 또한 위진양의 정백한 성향으로 볼 때, 죽었으면 죽었지 결코 비무를 피하지 않으리라.

그의 예상은 정확했다. 소문이 돌자마자 위진양은 기꺼이 맞상대를 해주겠다며 그 포부를 밝혔던 것이다.

그는 한달음에 마월랑을 찾아갔다.

마월랑은 위진양의 목을 베어 온 천하에 끌고 다니면서 조롱거리로 삼겠노라 떵떵 외쳐 댔다. 자신을 보자 비무가 겁나서 이런 고수를 보내 암살이나 하려

하는 치졸한 작자라고, 소문을 낸다며 바락바락 소리를 질러 댔다.

그때, 진관호의 이성은 끊어졌다.

누가 보든 말든, 미친 듯이 주먹을 뻗어내 마월랑을 패 죽였다. 십여 초 만에 승부는 갈렸지만, 이성을 잃은 그는 아예 다진 고기가 될 때까지 마월랑에게 계속 주먹을 퍼부어 댔다.

나중에 정신을 차리고 보니, 땅이 일 장 깊이나 꺼져 있고 마월랑의 시신은 찾아볼 수조차 없게 되었다. 살점 하나, 뼛조각 하나까지 모조리 갈아버렸던 것이다.

피에 젖어 한참이나 숨을 몰아쉬던 그때.

무슨 하늘의 장난이련지 위진양이 나타났다.

어릴 적 모습 그대로, 아니, 어릴 때보다 훨씬 바르고 짙은 정기를 온몸에 두른 채 한때나마 사형이던 남자의 앞에 나타났다.

둘은 아무런 대화도 없이 서로를 바라보았다.

혈육보다도 아끼던 사형제지간이다. 부모와 자식지간이라도 그리 친밀하진 못했을 것이다.

그들은 울었다. 마음 놓고 터트리지도 못하는, 그저 속으로 삭이는 눈물이었다. 말 한마디 주고받지 못하고 형용하기 힘든 마음의 편린만을 다독인 채, 그렇게 울었다.

한참을 울고 나서야 진관호는 깨달았다.

자신을 파문시킨 첫 스승, 이전부터 지병으로 그리 고생한 용안개가 죽었다는 것을. 진관호 앞에 나타난 위진양의 허리춤에는 개방 방주를 상징하는 아홉 개의 매듭이 매여 있던 것이다.

그날 이후, 진관호는 강호에 다시 나타나지 않았다. 혹여 자취라도 남을까, 삼 년을 넘도록 심산유곡에 거했다. 그곳에서 가묘(假墓)를 만들어 두 스승의 넋을 기렸다.

그렇게 살아온 세월이었다.

슬며시 차오르는 습기에 그는 가볍게 목울대를 울렸다. 다시 술을 따르고 그대로 입가에 털어 넣었다. 한 잔, 한 잔 마실수록 쓴맛은 사라지고 단맛이 맴돌았다.

다소 가라앉은 분위기에 당선하도 쉽사리 입을 열

지 못했다. 다만, 진관호의 잔에 한 잔 따라 주고 자신의 잔에도 한 잔 따를 뿐이다. 아무리 루주 놀리는 맛에 사는 그녀라지만, 분위기를 무시할 정도로 막 나가진 않았다.

그렇게 말없이 두 병의 술을 동낸 그들이다.

"루주님!"

사정없이 문을 열어제낀 한 명의 사내가 있었다. 빼빼마른 중년인, 장소찬이었다.

장소찬의 얼굴에는 땀이 한가득이었다. 겨울의 날씨와 어울리지 않는 모습이었다.

당선하는 긴장했고, 진관호는 늘어진 자세로 툭 물었다.

"뭐가 그리 바쁘셔? 니미럴, 이것들은 그냥 내가 쉬는 꼴을 못 보지, 아주."

서서히 혀가 꼬부라지고 있었다. 장소찬은 몇 번 헐떡이더니 외쳤다.

"서문 노인이 실종되었습니다!"

"뭐?!"

*　　　*　　　*

신 노의 모습은 그야말로 거지꼴이 따로 없었다.

사방으로 뻗친 머리카락은 그을음으로 가득했고, 몸에서는 눌러붙은 땀 냄새가 진동했다. 삼 일 동안 밤잠을 아끼지 않고 망치를 두드린 결과일 것이다.

핏발 선 눈에는 피곤함과 열정이 묘하게 뒤섞여 있었다. 특이한 눈빛임은 여전했다.

"용아창은?"

강비는 검은 천으로 돌돌 말린 용아창을 풀었다.

신 노의 눈이 찢어질 듯 커졌다.

"아… 아……."

말을 배우지 못한 아기마냥 듣기 거북한 옹알이만 해 대는 신 노다. 쩍 벌린 입과 풀어진 동공이, 그가 얼마나 경악했는지를 단적으로 보여주고 있었다.

휘황찬란한 용아창의 자태.

은백색으로 빛나는 신기다. 그저 존재하는 것만으로도 압도적인 자태를 뽐낸다. 수를 헤아리기 어려운 교룡이 빽빽하게 양각된 창대. 그 창대 위에 구름이 새겨지고, 교룡들은 승천을 위해 끊임없이 나아가는 환상이 깃든다.

완벽하게 주조된 창날. 틈 하나, 티 하나 없이 깔끔하다. 소름이 끼치도록 완전하게 다듬어진 자태에 신 노는 굳은 몸을 풀지 못했다.

"이것이… 용아창이구나……."

자신도 모르게 흘러나온 말에 허탈함과 경악, 지고의 기쁨이 다 담겨 있었다.

무릇 장인에게 있어 훌륭한 병장기란 보고 배워야 할 예술품이며, 피땀으로 만들어낸 자식과 같다. 그런 장인에게 용아창이란 세상 무엇보다도 귀한 보물과 같았다.

"…과연 용아창이라 할 만하구나. 철을 어찌 다루어야 이 정도의 신병이기가 탄생하게 되는 것인지, 병장기가 직접 신기를 뿜어 댈 정도라면 얼마나 완전하게 가다듬어져야 되는지를 그대로 보여주는구나."

강비는 그저 고개를 갸웃거릴 뿐이다. 놀라운 창이고, 천하에 다시없을 신창이라는 건 알겠지만, 신 노가 내뱉은 탄성에 어울릴 만한 이해력은 갖추지 못했다. 가까우면서도 먼 차이. 바로 무인과 장인의 차이였다.

“너, 이 창이 네 인연이 아니라고 했으렷다?”

“그렇소만.”

“틀렸다.”

“무슨 소리요?”

“보이지 않느냐? 이것은 인위적으로 창조해 낸, 고금의 숱한 물건들 중에서도 극상(極上), 신의 영역을 넘보는 물건이다. 어떤 조화로 이런 일이 가능한지 모르겠지만… 자연 만물의 기를 받아들인 후, 제 스스로 신기로 순환시키기를 반복하고 있어. 이런 것은 인연이고 뭐고를 따질 만한 물건이 아니야. 그저 쥘 수 있는 자는 쥐는 것이고, 쥘 수 없는 자는 쥐지 못하는 것이다. 한낱 인연이라는 단어로 묶일 수 있을 만한 물건이 아니라는 뜻이지.”

신 노의 발언은 거침이 없었다.

무공 한 줌 익히지 않은 자라 하나, 일평생을 철과 함께 살아온 인생이다. 세상의 이치를 보고, 병장기에 혼을 담을 수 있는 천하 명장이 그와 같은 말을 내뱉었다면, 그것은 실로 믿을 만한 사실이라 봐도 무방하다.

본질을 꿰뚫어 보는 장인의 눈동자.

신 노는 감탄에 감탄을 더했다.

"세상에 어떤 천인(天人)이 있어 이와 같은 물건을 만들어냈는지 모르겠다. 무시무시하구나. 이건 인간의 영역을 벗어났어. 천하에 모든 장인을 끌어모아도 흉내 정도나 낼 수 있을까."

"그 정도로 대단한 겁니까?"

"네놈 눈깔에는 보이지 않는 거냐? 이건 생김새는 창의 형태지만, 또 마냥 창이라 부를 수 없는 물건이다. 이 세상에 존재해서는 안 될 비인의 창조물이란 말이다. 허! 이런 걸 사람이 만들었다니, 아직까지도 믿기질 않는군."

설레설레 고개를 젓는 신 노다.

그의 얼굴에 미약한 부끄러움이 떠올랐다.

"다시 묻겠는데… 너, 진짜 이 창 안 쓸 거냐? 내가 만든 사모창으로 만족할 수 있겠어?"

"그건 봐야 알 수 있지 않겠소? 보여주지도 않았으

면서 그게 무슨 소리요?"

막상 눈앞에 전설적인 병기가 있다 하니 자신의 작품을 꺼내기가 민망스럽던 모양이다. 주저하는 모습이 나이답지 않게 꽤 귀여워 보였다.

"큼, 보고 실망만 하지 마라."

"실망 안 하니까 어서 보여주시오."

뒤뚱거리며 어기적어기적 걸어가는 모양새가 또 웃기다. 만들었으니 건네주긴 해야 할 텐데, 괜히 비교당할까 무섭고, 앓는 소리를 하려니 자존심이 상하는, 온갖 감정들을 안고 나아가는 걸음이었다.

하지만 막상 창을 본 강비의 마음은 놀라움으로 굳어졌다.

"어떠냐? 뭐, 좀 괜찮냐? 그래도 썩 나쁘지는 않을 텐데."

우물우물 말하는 신 노에게는 신경 한 올 쓰이지 않았다.

나타난 사모창의 자태.

신 노는 용아창을 보며 인세에 존재하지 않을 기술이라느니, 사람이 만들 수 없는 기술이라느니 극찬을 했지만, 정작 그가 건넨 사모창도 대단했다.

무엇으로 만들었는지 알 수가 없다. 잡티 하나 없이 쭉 뻗은 창대는 은은한 묵광(墨光)을 띠었다. 이전 유령군주가 들고 있던 묵사검과 비슷한 종류의 옅은 흑색인데, 그보다 훨씬 안정적이라는 느낌이 든다.

적당히 물결치듯 구불거리는 창날은 탁한 회흑색이다. 색깔은 탁할지언정 창날의 강도는 최고다. 청목검의 검신처럼, 산사태가 나는 곳에 던져 놔도 흠 하나 날 것 같지 않다.

전체적으로 어두운 인상의 흑창(黑槍). 하지만 불길하다는 느낌은 들지 않는다. 당장에라도 전장을 향해 달려 나가고 싶은 호쾌함이 맴돈다.

수실 하나 없는 단출한 모습. 그렇기에 실용적이라는 느낌이 든다. 허리춤에 찬 청목검처럼 실전에 특화가 된 모습이다.

"어떠냐?"

신 노는 괜히 안절부절못하고 있었다.

강비는 사모창을 꽉 쥐었다.

손에 잡히는 느낌이 최상이다. 용아창이 어딘지 딱

딱하면서도 부드러운 질감에 푹신함을 선물했다면, 이 사모창은 오로지 거친 단단함 일색이었다. 그럼에도 좋다. 거친 감각이 심장을 데우는 느낌이다.

이런 창을 삼 일 만에 만들었다고?

“대단하시오.”

“아, 뭐, 용아창이 대단하기야… 엥? 뭐라고?”

“마음에 꼭 드오. 용아창보다 훨씬 좋소.”

신 노의 눈이 괴상하게 변했다.

과장 조금 보태면 미친놈을 보는 듯한 눈빛이었다. 그러나 그 일면에는 장인으로서의 기쁨이 깔려 있었다.

“마, 마음에 드나?”

“정말 좋소. 이런 창을 아무런 대가도 없이 받아야 된다니, 내가 다 미안할 정도요.”

진심이었다.

거의 팔 척에 달하는 사모창. 군부에서 사용하던 군용 철창이 생각난다. 어딘지 과거를 회상하게 하는데, 처음 쥐었는데도 무척이나 익숙하다. 당장에라도 휘둘러 보고 싶은 기분이었다.

신 노의 입가가 씰룩였다. 가가대소를 터트리고 싶지만, 괜히 용아창 앞이라 숨죽이는 느낌이었다.

“어흠, 자네가 그리 생각한다면야… 나도 보람을 느끼는군.”

강비는 사모창의 중간 창대를 쥐고 가만히 회전시켰다.

후우우웅.

바람을 가르는 소리가 놀랍도록 상쾌하다. 굵은 창대에 단단한 사모 창날이 무엇이라도 파괴할 것만 같다. 전투 전용, 강비에게 꼭 맞는 창이었다.

“감사하오.”

진심 어린 인사. 그 이외에 더 감사할 것이 없다는 게 아쉽다.

신 노는 기어이 너털웃음을 터트리고야 말았다.

“허허헛! 감사는 무슨. 나야말로 간만에 승부욕을 태웠어. 자네가 오지 않았다면 이리 살아 있다는 느낌을 받진 못했겠지.”

웃음소리는 괴상했을지언정, 그 역시 신 노의 진심이다. 진심과 진심이 얽히고 있었다.

장인의 벗은 무인.

무인의 벗은 장인이다.

최고의 장인이 혼신의 힘을 다해 만든 병장기가 여기에 있다. 그 혼이 실린 창을 받았다면, 무인으로서 마음껏 휘둘러야 마땅할 터.

좋은 장인이 좋은 선물을 주었으니, 좋은 무인이 되는 길만 남았다.

하지만 강비는 알지 못했다.

자신이 받은 사모창을 생각보다 훨씬 빠르게 사용하게 될 줄은.

*　　　*　　　*

신 노에게 인사를 하고 다시 발길을 옮기는 일행이다.

밤낮으로 운공에 매달린데다가 민비화의 술법으로 치료를 더욱 활성화하고, 의원의 헌신적인 의술까지 붙었다. 삼 일밖에 지나지 않았다 하나, 이미 강비의 몸은 본신의 역량 중 구 할 이상을 수복시켜 놓았다.

스스로 생각해도 놀라운 속도였다.

광호는 우람한 말 위에 꽁꽁 묶인 채로 엎어져 있었다. 단전이 강제로 봉인되고, 마혈에 혼혈까지 짚였다. 새하얗게 물든 안색은 그의 내상이 굉장하다는 걸 보여준다. 의방에 들렀지만, 딱히 큰 치료를 해주진 않은 것이다.

그렇게 관도의 샛길을 타고 나가 서평(西平)을 넘어, 탑하 인근까지 이르렀을 때.

일행은 움직임을 멈추었다.

백단화는 가만히 한숨을 쉬었다.

"정말이지, 온 천하의 무림인들이 우리 일행만 노리는 거 아닌가 하는 생각이 드네요."

민비화는 자그맣게 거들었다.

"그것도 강자들만."

그녀들이 그런 불만을 토로할 만도 했다.

강줄기를 따라 들어가면 바로 탑하가 나온다. 한데 그 강줄기를 따라 들어갈 수가 없다. 저 야트막한 언덕 너머에서 느껴지는 기세들이 실로 굉장했기 때문이다.

마기(魔氣)가 아니다.

마기는 아니되, 마기라고 착각이 갈 만큼이나 거친 기도였다. 병장기의 날카로움은 물론 한 치의 물러섬 없는 투지가 무척 인상적이다. 당장 전투가 벌어져도 이상하지 않을 공기를 잔뜩 풍기고 있었다.

하물며 그 기세를 풍기는 자들의 기도 하나하나는 실로 놀랍기 짝이 없다. 잘 짜인 기도, 한 자루 칼날을 보는 것 같았다. 군더더기라고는 일체 없는 기도들이 얼마나 시퍼렇게 벼려져 있는지, 강비는 물론이거니와 위진양조차 감탄을 금치 못했다.

"맹수처럼 거친 투기, 이 정도의 잘 벼려진 기도. 오십 명의 절정고수들이다. 우리를 노릴 만한 자들이라면 삼대마종밖에 없는데, 마기도 아니고 술법도 아니라면… 무광(武狂), 무신성이겠지."

"무신성."

무신성을 언급하니 자연 떠오르는 이름들이 있다.

비록 만난 지는 이틀이나 되었을 법하나, 그 짧은 시간에 묘하게 깊은 정을 느끼게 해준 등효.

왜 그리 친밀하게 느껴졌는지 모르겠지만, 강비와

등효 사이에는 이해할 수 없는 우정이 자리 잡고 있었다. 그것은 비단 인연이라는 단어 하나로 설명할 수 없는 것이었다. 한마디로 서로가 서로의 진면목을 보는 순간 깨우쳤다는 게 정답이리라.

그에 드러나는 한 남자의 얼굴.

사내다운 얼굴의 표상, 중년의 나이에 흑색 무복을 입고, 허리춤에는 큼직한 흑색 칼을 매단 남자. 전신에서 발하는 기도가 가히 산중대왕의 그것처럼 위엄 넘치는 초고수.

'그 남자도 왔군.'

그때 그 당시 그대로다.

그때와 다른 것이 있다면, 살벌하리만치 흉포한 기도를 애써 숨기지 않는다는 것이다. 불길이라도 되는 것마냥 완전하게 개방시킨다. 싸우겠다는 의지를 이리도 확실하게 표명하는 남자가 세상 천지에 또 있을까 싶었다.

그 남자의 기도 자체가 워낙 강렬해서 주변에 포진한 절정고수들의 기도가 묻히는 느낌이었다. 무인들 하나하나의 기도가 얼마나 첨예한지를 생각한다면,

남자의 기도란 가히 태산과도 같다고 볼 수 있었다.

백단화의 얼굴에 긴장의 기색이 어렸다.

"이 기세, 이만큼의 거친 힘이라면 아무래도 흑호령인 것 같군요."

"흑호령?"

"무신성 휘하, 최고의 무력 부대라고 할 수 있어요. 침투부터 암살까지 모든 임무를 완벽하게 수행하는 집단이죠. 제 휘하의 신화단은 물론, 비사림의 철마단도, 초혼방의 광혼단도 흑호령에 비할 수는 없어요. 사대문파 중 가장 강력한 전투 부대가 바로 흑호령이에요."

자기 자신이 거느린 무력 부대조차도 저들에 비해선 아래라고 한다. 자존심이 상할 만도 할 텐데 한 점 거리낌이 없다는 것은, 그만큼 흑호령의 힘이 강하다는 뜻일 것이다.

위진양이 나직이 한숨을 쉬었다.

"첩첩산중이로군. 흑호령이라면 나도 들은 바가 있네. 총 이백 명의 절정고수로 이루어진 전투 부대라고 했지. 무공도 무공이지만, 한 명, 한 명의 전투 실력이 새외는 물론, 중원을 통틀어 최강이라 불릴 만하다던가?"

소위 절정고수라 불릴 만큼의 무력을 쌓기 위해서는 수준 높은 무공을, 좋은 명사 아래에서 뼈를 깎는 노력으로 단련해야 함이 마땅하다. 그러고도 그만한 위치에 도달하지 못하는 무인들이 태반이다.

강비는 눈을 가늘게 떴다.

이미 그의 경지는 상대의 기감을 읽어내 익힌 무공의 종류는 물론, 어떤 전투를 벌일지 알아낼 수 있을 만큼 드높다. 그런 그가 보았을 때, 저들은 온갖 사선을 넘나든 백전의 노장들이었다.

제대로 전투를 할 줄 아는 절정고수들.

비록 이백이 아닌 오십이라 하나 결코 무시할 수 없다.

"피할 수 없겠군."

"가지, 피할 수 없다면 부딪칠 밖에."

위진양의 목소리는 묘하게 여유로웠다.

그럴 만도 한 것이, 아무리 흑호령 오십이라 하나 이곳에는 천하삼절에 이른 고수들이 무려 셋이나 있다. 가장 약한 민비화만 해도 저 흑호령의 무인들 중 최소한 둘은 감당할 만한 실력이다. 인질이랍시고 매달아 놓은 광호가 있지만, 정작 싸움이 벌어지면 없는 사람으로 취급될 터이니, 예외로 친다.

즉, 정면으로 붙는다면 오히려 승률은 이쪽이 높다. 그래서 그는 여유로울 수 있었다.

뚜벅뚜벅 걸어가는 일행들.

먼 거리인지 가까운 거리인지 판단이 서지 않는다. 위진양은 여유로울지언정 전투의 분위기는 그 어느 때보다도 뜨겁다.

그리고 마침내, 일행은 흑호령과 대치했다.

*　　　*　　　*

"오랜만이군."

곽동산은 변함이 없었다.

여전한 얼굴이다. 특유의 흑색 무복에 허리춤에 걸린 커다란 흑도(黑刀) 역시 이전과 같다. 단 한 번의 마주침이지만, 워낙에 인상이 강렬해서 어제 본 것처럼 뚜렷하다.

그의 얼굴에는 진한 미소가 드리워져 있었다.

진심으로 즐거워하는 것 같았다.

"어디 보자, 저 남루한 차림의 남자는 개방의 용두방주인 장절 위진양일 것이요, 두 여인네는 법왕교 소속이시군. 교의 작은 주인에 신화단주? 멀리서 알아채긴 했지만, 참으로 놀라운 조합 아닌가!"

호탕한 웃음이 사방을 울렸다. 가만히 놔두면 박수라도 칠 기세였다.

위진양이 한 발 나섰다.

"흑호령주?"

"오, 나를 알아봐 주시다니, 과연 개방의 용두방주시라 이건가?"

위진양의 눈이 살짝 좁아졌다.

"대단하군."

멀리서 느꼈을 때도 굉장했지만, 직접 눈앞에서 보니 상상을 초월한다.

스스로를 아낌없이 보여주는 곽동산이다. 천하를 당장에라도 제패할 듯 패도적인 기세를 줄기줄기 뿜어내는데, 감히 마주 보기 부담스러울 정도였다.

'철마신보다도 강한 자. 아무리 흑호령이 최강의 전투 부대라 하지만 이런 자가 부대의 대장 노릇을 하다니. 무신성, 생각 이상으로 대단한 집단이야.'

곽동산이 대단한 것은 뿜어내는 기파조차 넘어서는 그 투기에 있었다.

진심으로 싸움을 즐기는 자다.

투쟁에 목숨을 건 무인, 생사의 기로에서 삶의 희열을 얻는 무인이었다. 무인이라는 족속들 중에서도 가장 위험한 부류에 속하는 인간이라 할 수 있었다.

"용케 우리가 이 길목을 향한다는 걸 알았군."

"아, 그거? 뭐, 이것저것 정보가 많더구먼. 설명하자면 끝도 없지. 구질구질한 대화로 입맛 떨어지게 하진 말자고. 싸우러 왔잖나? 적과 적이 만났으면 칼질밖에 남을 것이 없지."

그의 성격을 그대로 보여주는 말이었다.

위진양이 어깨를 으쓱였다.

"그도 맞는 말이군. 승자가 모든 것을 갖는다. 우리의 전투는 그런 전투였지."

"우리의 전투만 그런 게 아니라, 전투라는 것의 속성 자체가 그렇다. 그리 생각하지 않나, 강한 친구?"

곽동산이 칭한 강한 친구.

그의 눈빛과 기세가 한곳을 향한다. 다른 누구도 아닌, 강비를 향해서다.

검은 천으로 둘둘 만 용아창을 땅에 꽂은 강비가 사모창을 어깨에 대고 앞으로 나섰다. 쭉 편 허리에 당당한 체구가 곽동산 못지않은 패기로 일렁인다. 결코 그에 뒤지지 않는 기도였다.

강비의 입가에 미소가 드리워졌다.

"열 달쯤 되었나?"

"그래, 그쯤 되었지."

"그때는 경황이 없었는데… 당신, 내 생각보다 훨씬 엄청난 남자였군."

곽동산의 입이 귀에 걸렸다. 그 환한 미소에 새하얀 이빨이 모두 보일 지경이었다.

"하하하! 그때 자네를 그냥 놔주어서 얼마나 아쉬웠는지 모를 것이네. 더 놀라운 게 뭔지 아나? 자네가 이토록 빨리 강해져서 내 눈앞에 나타날 줄은 더 몰랐다는 거야! 그때는 덩치가 산만 한 늑대에 불과했거늘, 지금은 완전히 다 자란 호랑이가 따로 없어. 칼질하기에 부족함이 없는 상대가 되었다, 이거지!"

즐거운 듯하면서도 묘하게 상대의 자존심을 긁는 어조다. 그러나 강비의 표정은 변함이 없었다. 여전히 입가에 미소를 지우지 않는다.

곽동산의 희열 넘치는 눈빛을 받아, 강비의 입에서도 묵직한 음성이 흘렀다.

"그때는 이렇게 말이 많은 남자인지 몰랐는데, 원래 혓바닥이 그리 긴가?"

미소와는 다르게 거칠기 짝이 없는 말투다. 그 도발에 오히려 위진양과 백단화, 민비화가 당황했다.

최근 들어 강비는 묘하게 안정적인 느낌이었다. 딱히 말수가 많지도 않고, 나름의 희로애락을 잘 보여주어 훨씬 부드럽게 보인 것이다. 항상 떽떽거리던 민비화가 요새는 강비에게 시비 한 자락 걸지 못하는 것은 그런 미묘한 변화 때문이었다.

한데 지금은 달랐다.

곽동산이 허기에 미쳐 날뛰는 호랑이라면, 강비는

투지가 충만한 사자다. 비할 데 없는 두 마리 맹수가 서로를 응시하면서 으르렁거리고 있다. 그 압도적인 분위기에 누구도 끼어들 수가 없었다.

곽동산이 크게 웃었다.

"크하하하! 혓바닥이 길다? 내 생전 그런 도발은 또 처음이로다! 과연! 다른 놈들이라면 당장에 골통을 부숴놨겠지만, 자네에게는 그러지 않겠네. 자네는 그런 말을 할 자격이 있어!"

온전히 상대로서 인정한다는 말이었다. 강비의 미소도 짙어졌다.

"몸은 어떤가?"

"몸이라니?"

"칼질 잘할 수 있겠냐는 소리다. 한쪽이 허무하게 무너지면 싱거워질 거 아닌가."

그의 손이 사모창의 창대를 쥐고 아래로 내렸다. 회흑색의 단단한 창날이 빙글빙글 돌다 사선으로 내려섰다.

창날 끝이 대지를 향했다.

"참고로 난 준비 완료다."

오만함이 극에 이른 소리다. 자극적인 단어가 없음에도 어떠한 단어보다 자극적이고, 어떠한 도발보다도 무섭다.

일행의 얼굴에 황당함이 어리고, 흑호령의 무인들조차 이 믿기 어려운 말에 놀란 기색이었다. 그들로서는 령주에게 그만치 심한 도발을 감행한 자를 본 바가 없던 것이다.

이 영역에 있는 사람들 중 유독 당황하지 않은 자.

흑호령주 곽동산, 하나였다.

차아아앙!

호쾌한 발도(拔刀).

한 마리 호랑이가 새겨진 흑도(黑刀)가 모습을 드러낸다. 곽동산의 애병(愛兵)이자 무신성 십대병기 중 하나로 꼽히는 흑호신도(黑虎神刀)였다.

곽동산의 눈이 이글이글 불타올랐다.

"당연히. 나 역시 준비는 끝났다."

"자, 그럼."

"잠깐."

강비의 눈썹이 일그러졌다. 당장에라도 부딪치고

싫으니 대화는 그만하자는 강렬한 투기가 일렁였다. 그 투기에 흡족한 듯 곽동산의 미소는 떠날 줄을 몰랐다.

"뭔데, 또?"

"너와 나의 승부, 뭔가 아깝지 않나?"

"아깝다?"

"누가 더 강한가는 둘째다. 얼마나 재미있게 부딪치느냐가 내 즐거움이지. 하지만 뭔가 아쉬워. 이런 결투가 자주 있는 것도 아니고, 여흥 하나를 더 추가하고 싶군."

"여흥이라고?"

"그래, 여흥."

곽동산의 흑호신도가 강비 일행을 향했다. 단순한 동작 전환 한 번에 불과했음에도 밀려오는 위압감이 대단했다.

"승자가 모든 것을 갖는다. 전투의 진리이지. 하지만 그렇게 끝내서야 되겠나? 나는 무인이기에 앞서 명을 받고 여기에 온 자다."

"본론만 말해."

"하하하! 좋아, 이렇게 하는 건 어떻겠나? 네가 이기면 내 휘하 흑호령 무인들을 뒤로 물리겠다. 날 이기면 그걸로 승부 끝. 이 길 그대로 목적지를 향해 달리면 된다."

강비가 자세를 풀었다. 그의 얼굴에도 흥미롭다는 기색이 떠올랐다.

"내가 지면?"

"네가 나에게 진다면, 저 볼썽사납게 나자빠져 있는 인질을 풀어주는 걸로. 어떤가?"

광호를 말함이다.

아직까지도 제정신을 차리지 못하는 광호. 밧줄로 꽁꽁 묶인 채 한 번 더 말의 몸체에 묶여 있다. 만약 그가 자신의 처지를 알았다면 혀를 물고 자결했을 광경이다.

"올 초에도 그러더니, 당신은 무슨 비사림 따까리 노릇만 하는 것 같군. 천랑군주도 살려주더니, 이제는 저 자식까지 잡아오라 시키던가?"

"나도 뭐 썩 달가운 건 아니야. 전쟁이 일어났다기에 또 호쾌하게 칼이나 휘두를 줄 알았지, 이런 골치 아픈 일에 엮일 줄 몰랐어."

짜증이 덕지덕지 붙은 얼굴이다. 그 역시 현재 상황이 달갑지 않은 모양이다.

강비가 어깨를 으쓱했다.

"한데 아무리 여흥거리라도 어지간히 공평해야 흥정이라도 해봄직하지. 이건 너무 이치에 맞지 않잖나."

"공평하지 않다? 어째서?"

"이쪽 인질은 활용성이 무궁무진하거든. 사람 목숨 하나까지 덤으로 달려 있어. 근데 그쪽은 아니잖아?"

"허! 역시 대단한 친구야. 내 수하들을 얼마나 얕잡아보면 그런 말을 하실까, 그래?"

"얕잡아보기보다는 객관적으로 상황을 직시하는 거지. 만약 내가 진 상황이 닥친다 한들, 그땐 당신도 당장 움직이기가 쉽지 않을 만큼 치명상이란 치명상은 다 당했을 텐데, 그럼 내 동료들과 당신 수하들과의 싸움이 되겠지?"

"그렇게 되겠지."

"못 이길 것 같나?"

"뭐라?"

"이 남루한 옷을 입은 사람은 장절이고, 저 뒤에 오도카니 서 있는 여자는 법왕교 신화단주다. 두 사람의 전력만 해도 어지간한 대문파 이상이라 할 수 있겠지. 법왕교 소교주의 실력이 좀 딸리긴 하지만, 여기저기 잘도 빠져나갈 각력은 충분히 있단 말이야. 즉, 정면으로 부딪쳐도 우리가 이길 것 같다는 소리지."

이번만큼은 곽동산도 어벙해질 수밖에 없었다. 흑호령 휘하 무사들조차 어이가 없는지 아연실색한 기색이었고, 강비 일행은 받은기침을 내뱉어야 했다.

판돈으로 내건 여흥거리가 공평하지 않다.

다시 말해 이쪽이 불리하다는 얘기다. 어차피 져도 따먹을 수 있는 판돈을 뭐하러 내거냐는 말이었다. 그 오만한 발언에 곽동산은 헛웃음을 지었다.

"그럼 어떻게 했으면 좋겠나?"

"글쎄, 여흥거리 따위 다 제치고 그냥 붙지? 승부에 뭐하러 그런 자질구레한 것들을 끼워 맞추나? 한 판 시원하게 붙으러 온 거 아닌가?"

오만함 위로 호쾌함이 내려앉는다.

이글거리는 눈빛, 전투에 있어 냉정하던 강비답지 않게 타오르는 패왕진기가 그의 육신을 불사르고 있었다. 당장 이빨을 들이밀고 물어뜯으려는 듯했다.

곽동산이 고개를 저었다.

"저거, 아주 나보다 더한 놈이었군."

뭣도 모르는 놈이라면 오만함이 하늘에 닿았다고 욕부터 나왔을 것이다. 그러나 강비에게는 그럴 자격이 있다. 그의 몸에서 발해지는 패기가, 투지가, 휘몰아치고 있는 위엄이 그를 증명한다.

"뭐, 그리 생각한다면 이쪽도 딱히 할 말은 없어."

"그럼 이제 진짜로 붙어보지."

"그런데 말이다."

"또 뭐?"

"이쪽은 모두 벽력탄(霹靂彈)을 두 개씩 소지하고 있거든. 폭사를 해서라도 몰살시키려 들 건데? 내가 보기에 부당한 거래라고는 영 보이지가 않아."

숨겨도 마땅할 상황에 오히려 패를 더 까발린다.

이 말도 안 되는 대화의 흐름에 주변 사람들은 숨

을 헐떡였다. 도무지 상식 안에서 벌어지는 대화가 아니었으니, 밀려오는 충격에 제정신을 차리기 어려울 지경인 것이다.

"참고로 폭파 작전 훈련을 가장 힘들게 받은 것이 내 부하들이다. 작정하고 돌진하면 이 병력으로 구대문파 중 한 곳조차 밀어버릴 수 있으리라 감히 장담하지."

확인 사살이었다.

"어때? 이래도 불공평한 판돈인가?"

어째 자기가 더 호쾌하다고 자랑질이나 하는 듯했다. 만약 두 사람 사이에 만들어진 기도의 역장이 아니라면, 파락호들의 배짱 싸움이라고 착각할 만큼 거침없는 언사들이었다.

강비는 가만히 뒤를 돌아보았다.

일행들에게 허가를 구하는 것이다.

하지만 위진양은 얼이 빠져서 입만 쩍 벌리고 있고, 백단화의 안색은 내상이라도 입은 듯 창백했다. 민비화는 거의 기절하기 직전으로 보였다. 냉정하게 판단을 내리기 어려운 상태들이었다.

강비가 어깨를 으쓱였다.

"뭐, 그 정도로 큰 판돈이었다면야 내 사과하지. 좋아, 공평해진 것 같군."

"크하하! 내, 성안에서도 너만큼 사내다운 승부사를 찾아볼 수가 없었다. 역시 내 눈이 틀리지 않았어. 너는 진짜다. 그때 후일을 기약하고 헤어진 것이 이리 적절한 판단으로 돌아올 줄이야, 실로 붙어볼 만한 놈이구나!"

좌아악!

가볍게 휘두른 흑호신도. 허공을 가를 뿐이지만, 그가 버티고 선 대지 우측 부분이 쩍 갈라졌다. 휘두르는 도풍(刀風)만으로 땅에 도흔을 새겨 버린 것이다.

강비의 오른손이 사모창의 창대를 쥐고, 왼손에는 등 뒤에 걸린 직도를 뽑았다.

창 하나를 한 손으로 다루는 것도 어지간한 창술사조차 쉬이 펼칠 수 없는 신기(神技)다. 한데 왼손에는 칼까지 뽑았다.

곽동산은 강비의 행동을 무시하지 않았다.

무시하기에는 너무 강렬한 기도였다.

"자, 진짜로 시작해 보자!"

쉬이익!

저쪽에서는 시커먼 호랑이가 달려오고.

이쪽에서는 미친 용이 질주한다.

두 절대 고수의 움직임은 그야말로 신속(神速).

멀리 떨어져 있던 거리가 순식간에 좁혀지고, 이제 그 사이로 순수한 무력의 격돌만이 남았다.

중원의 정중선을 가로질러 올라가는 강비 일행.

참마비사의 대전이 끝나고, 용호혈전(龍虎血戰)의 서막이 오르고 있었다.

*　　　*　　　*

벽란과 등효의 몸이 빠르게 대지를 질주했다.

벽란의 속도도 속도이지만, 등효의 속도는 특히나 대단했다. 어쩌면 그리도 육중한 체격이기에 날렵한 벽란보다도 더 빠르게 느껴지는지도 모른다.

"가까워지고 있어요."

그만치 빠르게 달리는 와중에도 입을 여는 데에 불편함이 없다. 벽란의 말을 들은 등효의 얼굴에 미소가 드리워졌다.

"그 친구, 용아창을 잘 간수하고 있었군."

돌아와서 다시 건네달라 했더니, 잘 갖고 있던 모양이다. 하기야 그런 약속이 없더라도 함부로 취급될 만한 병기는 아니었다.

"근데……."

"왜 그러시오?"

"싸움이군요."

"엥?"

굳게 닫힌 눈, 그 위에 가지런히 뻗은 눈썹이 찌푸려졌다.

"용아창의 신기가 불안하게 일렁이고 있어요. 주변에 살기가 묻어 나오는데……."

"살기?"

"아무리 용아창이라도 이만큼 흔들릴 정도의 신기를 뽐내고 있다면, 싸우고 있는 이들이 굉장한 고수들인 모양이에요. 적어도 천랑군주, 그에 필적할 만한 이들이에요."

천랑군주에 필적한다.

그 말인즉, 일대 종사의 무위를 가진 자들이라고 볼 수 있다. 등효의 눈이 일그러졌다.

"제길, 그 친구 인생은 왜 그렇게 살벌한 거야?"

"어서 가서 도와야 해요. 그만한 고수들이 끼어들었다면 아무리 강 공자라도 무사하기 힘들 거예요."

서문종신의 가르침, 벽란과의 수련.

거기에 피를 토하는 단련이 있었다. 지금의 등효는 과거의 그와는 아예 다른 사람이라 봐도 무방할 만큼 강해졌다. 하나 그런 그도 아직 천랑군주에 비하기에는 많은 모자람이 있었다. 그러한 경지는 단순히 노력만 한다고 해서 어떻게 올라설 수 있는 경지가 아닌 것이다.

그럼에도…….

그토록 위험한 길임에도 달린다.

아무런 연고도 없는 자신을 살리기 위해 목숨을 걸던 자다. 그런 강비를, 이제는 등효가 구하러 가는 것이다.

터어엉!

밟아가는 거암태형보, 대산일문의 경신술이 폭발했다. 그의 신형이 대지에 한 줄기 바람을 일으켰다.

벽란 역시 그의 뒤지지 않는 속도로 달려 나갔다.

그녀의 얼굴에 걱정이 깃든다.

'조금만 기다려요, 강 공자!'

*　　　　*　　　　*

민비화의 눈이 서로를 향해 온갖 절기들을 쏟아붓는 두 마리 맹수를 향했다.

눈을 뗄 수 없는 격전이었다. 그야말로 용호의 격전. 내치는 창격에 땅이 뒤흔들리고, 휘두르는 도격에 천둥이 친다.

그저 마주하는 것만으로도 영역 전체에 긴장감을 불러일으키는 격전. 사람과 사람의 싸움이 아니라 괴수와 괴수의 싸움이었다. 땅이 갈라지고, 언저리의 수면이 폭발하듯 비산했다. 절대고수들의 싸움이란 이와 같다. 휘말리다가는 쥐도 새도 모르게 죽어 나갈 수 있는 혈투인 것이다.

'대단해.'

민비화의 동공이 커졌다.

하나라도 더.

미세한 것 하나라도 놓치지 않기 위해서 안력을 최대한 발휘하는 것이다. 저 정도 경지에 오른 고수들의 싸움을 관전하는 것은 결코 흔치 않은 복이다. 보고 배울 것이 넘쳐흐르는 장, 무인에게 있어 이만한 공부가 어디에 있을까.

'저기서 저런! 놀라워! 저렇게도 움직일 수 있구나!'

상상을 초월하는 몸놀림에 민비화는 혀를 내둘렀다.

강력한 무공을 아낌없이 구사하는 가운데, 도무지 회피할 수 없는 곳으로 몸을 돌린다. 유연성으로는 설명할 수 없는 영역이다.

동작의 전환, 주변 지형을 파악하는 눈, 상대 공격의 두 수, 세 수 앞을 읽어 나가는 직감까지.

모든 것이 총동원되는 진짜 격전이었다. 지금의 민

비화로서는 요원하기만 한 경지.

문득 그녀는 한 줄기 서글픔을 느꼈다.

'강비…….'

처음 그를 만났을 때가 떠올랐다.

아무리 좋게 생각해도 좋게 여겨질 수가 없는 첫 만남이다. 서로를 향해 창과 주먹을 쏟아붓던 격전. 밀향갑이라는 천고의 신물을 입지 않았다면 크게 다쳤을 격전이다.

그때도.

그때도 강비는 자신보다 강했다.

단순히 무공의 경지를 논하는 것이 아니다. 그는 싸움을 할 줄 알았다. 상대를 어떻게 다루어야 할지, 어떤 식으로 무공을 펼쳐야 적을 쓰러트릴 수 있는지를 파악하고 있는 자였다.

그를 보고 세상의 넓음을 알았다.

법왕교, 교 내에서 천재 소리를 듣던 민비화. 아무리 성품이 담백하다 한들 자만이 없을 수 없다. 주변에서 그리 떠받들어 주는데 자만심이 생기지 않는 게 이상하리라.

그런 자만을 안고 수련을 하면서도, 그녀는 강해질 수 있었다. 비록 강비에게 졌지만, 충분히 역전할 수 있을 것만 같았다.

하지만 그것은 착각이었다.

다시 만난 강비는 비록 만신창이가 되었을지언정, 꺼지지 않은 불길을 두 눈에 담은 채 달려 나갈 준비를 완벽하게 꾸리고 있던 것이다. 내공 한 줌 일으키지 못하던 그를 보며 민비화는 깨달았다.

졌다.

진 것이다.

그만큼 심각한 내상에 내부가 엉망이 되었다면, 수련은 고사하고 예전의 기량을 되찾기도 급급할 상황이다. 오히려 퇴보할 수도 있을 상황이었다.

그럼에도 그는 포기하지 않았다.

포기하지 않았다?

아니, 애초에 그런 것을 키우지도 않았다.

이쯤 되면 재능이라는 말로 무언가를 논하기 어려워진다. 재능만으로 설명할 수 없는 차이였다.

'강비는 어떻게 저만큼 강해질 수 있었을까?'

항상 의문이 들던 바다.

노력? 노력은 그녀도 했다. 스스로 자부할 수 있을 만큼, 정말이지 피를 토하는 노력으로 일구어낸 경지였다.

강비 역시 충분히 천재라 할 만한 재능의 소유자였으나, 단순히 재능의 측면만 보자면 주신문법과 법신장체의 공부로 상단전까지 활성화한 그녀 쪽이 도리어 높다 할 수 있을 터.

그럼에도 그녀는 강비를 따라잡지 못했다.

혜정 대사를 만나고, 그의 가르침을 받으며 이전보다 훨씬 빠르고 단단한 성장을 이루었으나, 강비는 단숨에 서너 계단을 건너뛰어 정상의 언저리에서 놀고 있었다.

강비는 무언가를 넘어섰다.

그 무언가가 무엇이기에, 도대체 어떤 것을 뛰어넘어야 저만큼 강해질 수 있는 것일까?

민비화의 눈이 칙칙하게 가라앉았다.

'그래, 그런 걸 고민할 때가 아니다. 지금 내 자리에서 최선을 다해야지. 나보다 강한 두 고수가 싸움

을 벌이고 있다. 배울 게 많을 거야. 저기에 집중해야 할 때다.'

그녀는 질투와 자괴감을 머리에서 지웠다. 두어 번의 심호흡으로 마음을 가라앉힌다. 지금은 자괴감에 빠져 있을 때도 아니고, 포기할 때는 더더욱 아니다.

배워야 할 때다.

그녀의 눈을 통해 들어오는 광경은 감탄과 놀라움을 휘돌다가, 다시 그녀 머리 한구석에 차근차근 쌓이기 시작했다. 집중해서 배우기 시작하는 것이다.

그녀 스스로는 당장 깨닫지 못하고 있었으나, 지금 그녀가 하는 행동이야말로 강비가 놀랍도록 강해질 수 있던 방법이었다.

현재에 집중하는 것. 잡생각 따위는 일체 하지 않고, 그 순간순간에 최선의 노력을 다하는 것이다. 스승이 남겨주신 내단의 도움이 있었다고 하나, 그는 스승에게 몇 년간의 가르침만을 받았을 뿐이다.

십 년 이상 세세한 가르침을 받은 민비화, 독특한 무공으로 재능까지 확장시킨 그녀와 동격이라고 봐도 좋을 터.

달리 말하자면 그녀가 지금 하고 있는 생각과 행동들을 쭉 이어 나갈 수 있다면, 그녀 역시 조만간 큰 성취를 맛볼 수 있게 되는 것이다. 높이 올라갈 수 있는 방법은 바로 그것뿐이다.

완전히 넋을 잃고 일대 격전을 바라보는 민비화를 보며, 백단화는 가볍게 웃었다.

"어떻게 생각하시오?"

느닷없이 툭 묻는 위진양이다. 시선은 여전히 두 사람에게 박힌 채 백단화에게 묻는다.

백단화의 시선이 다시 강비와 곽동산에게로 향했다.

"글쎄요."

"내 생각에는 아무래도 강 아우가 밀리는 듯싶은데……."

사실이었다.

거의 대등한, 종이 한 장 차이의 공격들을 주고받는 두 사람이지만, 위진양은 정확하게 상황을 포착할 수 있었다.

강비가 밀리고 있다.

오히려 더욱 저돌적으로 공격을 감행하는데, 그것은 곧 그만큼 강비가 밀리고 있다는 반증이기도 했다. 호쾌한 무공을 쏟아내고 있으나 곽동산은 한 줄기 여유를 잃지 않고 있던 것이다.

백단화는 가만히 고개를 끄덕였다.

"미세하게, 강 공자가 밀리는군요."

그야말로 종이 한 장 차이다. 그러나 종이 한 장 차이의 공방으로도 승패가 갈리는 게 초고수들의 결전인 것이다. 백단화의 눈에 숨길 수 없는 걱정이 깃들었다.

"강 공자는 왜 흑호령주의 도발에 응했을까요?"

도발에 응했다? 아니다. 응했을 뿐만이 아니라 한 술 더 떴다.

위진양의 입가에 씁쓸한 미소가 어렸다.

"나였으면 절대 그리하지 않았겠지만, 어쩐지 강 아우의 생각을 알 것도 같소."

"어떤 건데요?"

"기선 제압이오."

"기선 제압이요?"

"이쪽에서 더 강하게 나가는 거요. 흑호령주란 자, 보아하니 투지 하나로 먹고사는 위인인 것 같은데, 그런 자와 전투를 벌이기 위해서는 이쪽도 못지않게 강성해져야 함이 마땅하오. 강 아우는 본능적으로 그런 걸 알았는지도 모르겠소이다."

"말도 안 돼요. 설령 그렇다 하더라도, 근본적인 실력의 차이는……."

"실력의 차이를 뒤집을 수도 있는 것이 임기응변과 투지 아니겠소."

살짝 미소 짓는 위진양. 그러나 심각함은 떨어질 줄 몰랐다.

"하지만 백 단주의 말도 맞소. 어지간한 녀석이라면 몰라도 저 흑호령주 정도가 되면 그런 밀어붙이는 투지 정도로 판이 갈리지는 않겠지."

"그렇겠죠."

그것은 비단 흑호령주만의 문제가 아니다. 흑호령주가 아니더라도 그와 같은 경지의 고수들이란 심신일체(心身一體), 흔들리지 않는 부동심과, 부동심 못지않은 강철의 의지를 갖기 마련이다. 그런 것은 투지 조금 올린다고 어떻게 이겨낼 수 있는 것이 아니다.

천운이 따르지 않는 한.

"어쩐지 덜컥 내기에 응한 것도 마음에 걸리네요."

"그렇소."

위진양의 표정이 어두워졌다.

물론 인질 하나 잡았다고 제자가 살 수 있을지 없을지는 모른다. 말 그대로 가능성에 불과하다. 심지어 그 가능성도 굉장히 낮다.

하지만 그 말인즉, 실낱같은 가능성이나마 마음속 단단히 잡고 있음을 뜻한다. 그 하나를 잡고 버티는 것이다. 위진양의 심정은 그러했다.

제자가 죽으면 복수를 한다.

전쟁을 승리로 이끌 것이지만, 그 안에는 제자의 복수까지 끼어 있을 것이다.

당연히 그리해야 하는 것. 그러나 아무래도 제자가 살아 있다 하니, 마음을 온전히 다지기에는 어려움이 있을 수밖에 없다. 강비에게 농을 걸고 괜찮은 척 하하, 웃었지만, 지금 그의 속은 말이 아니었다.

만약 강비가 진다면?

그 실낱같은 가능성조차 없어지게 된다.

'지금도 방도들이 그 녀석을 찾고는 있지만…….'

그의 표정이 더욱 어두워진 이유가 있다.

삼 일간 의방에 있으면서 방도들에게 연락을 취했다. 비사림의 마인들이 후개를 납치했으니 어서 그를 찾으라고.

하지만 비사림 정도 되는 마인들이 쉬이 뒤를 잡혀줄 리 없다. 설령 찾는다 해도 그건 아주 먼 나중 일이 될 것이다. 비사림은 녹록한 단체가 아닌 것이다.

그 과정에서 방도들 역시 희생되지 말란 법이 없다.

그래서 광호가 필요했다. 개방 방주로서 온전히 서 있을 수 있도록, 제자의 목숨을 구할 수 있도록.

만약 광호로도 제자의 목숨을 살릴 수 없다면?

그때는 어쩔 수 없는 것이다. 어쩔 수 없되, 끝장을 본다. 십만 개방도의 작은 주인을 건드린 걸 후회하게 만들어줄 것이다.

하지만 시도조차 하지 못하고 패를 빼앗기게 된다

면?

'강 아우, 이기게.'

자신의 목숨을 살려주었으니 그의 선택에 제동을 거는 것도 우스운 일일 수 있다. 하지만 하나뿐인 제자의 목숨이 달린 일이니 마냥 평온해지기가 힘들다.

그저 강비가 승리하기를 바랄 수밖에.

어둡게 가라앉은 위진양의 얼굴을 보며 백단화는 한숨을 쉬었다.

"하지만 이런 생각도 들어요."

"음, 어떤?"

"흑호령주는 휘하 오십 절정고수가 모두 벽력탄을 두 개씩 장착하고 있다 했어요. 아마 저 사람의 성정상 거짓말은 아니겠죠."

"그렇겠지."

"정면으로 붙으면 우리는 광호까지 보호해야 해요. 그냥 고수들과의 격전이 아니라 폭약으로부터 보호해야 하죠. 벽력탄은 아무리 당신이나 나라 해도 위험해요. 차라리 내기를 걸어 도박에서 승리하는 게 피를 보지 않는 온건한 방법이라는 생각도 들어요."

거기까지 생각하지는 못했다. 위진양이 멍하게 그녀를 바라보다 이내 고개를 저었다.

"그리 속 편하게 생각할 게 아니오. 흑호령주가 그랬잖소, 명을 받았다고. 아무리 그래도 광호를 죽이려 하겠소? 최대한 피해가 가지 않도록 조치를 취할 것이오."

"흑호령주의 말은 들었으면서 그의 성격은 보지 않으셨네요."

"무슨 말이오?"

"전면전은 곧 난전(亂戰)이에요. 그런 전투에서 그렇지 않아도 받은 명령을 탐탁지 않아 하는 그가 광호까지 신경을 쓸까요? 명령은 완수할 수도, 실패할 수도 있는 거죠. 광호가 죽더라도 우리를 잡을 수 있다면, 오히려 그쪽에서는 칭찬을 해줄 것 같은데요?"

백단화의 눈이 빛났다.

"그는 어지러운 걸 생각하지 않는 사람이에요. 눈앞의 싸움에 모든 것을 거는, 좋게 말하면 호쾌한 성격이고, 나쁘게 말하면 단순한 성격이죠."

그녀의 말이 옳았다.

또한 강비의 말을 들어보니, 열 달 전 천랑군주와의 결전에도 끼어들었다고 하였다. 이번 광호 건까지 더하면 두 번씩이나 비사림의 뒤를 봐준 것. 아무리 명령이라 해도 곽동산만큼 자존심 강한 자가 그걸 좋게 생각할 리 없다.

'그래, 차라리 내기를 건 게 나을 수도 있겠어.'

결과는 같다. 승리하면 안전하게 갈 수 있을 것이요, 패배하면 광호를 잃는다. 그 사실은 변하지 않았다.

그러나 백단화의 말을 듣자, 마음이라도 평온해진다. 어차피 벌어진 일이다.

그나마 편안함을 찾은 위진양의 얼굴을 보며 백단화는 한숨을 쉬었다.

'속이 말이 아니겠지.'

그의 불안함이 여기까지 전해져 온다.

그녀는 다시 격전 속으로 눈을 돌렸다.

상황은 여전했다. 그야말로 살벌하기 짝이 없는 공방을 주고받지만, 강비에게는 여유가 없었다. 사모창과 직도를 신들린 듯 휘두르고 있으나, 곽동산이 휘두르는 칼 한 자루에 모든 공격이 막히고, 곽동산이 펼쳐 내는 무공 한 자락에 창과 칼이 미친 듯이 얽히고 있다.

'만약 나였다면?'

그나마 승부를 펼치는 자가 자신이라면 더 나았으리라 생각이 든다.

그것은 강비보다 강해서라는 자신감이 아닌, 무공 자체의 특성과 성격의 차이였다.

권장에 능한 그녀였으나, 그녀에게는 대해와 같은 내공이 있다. 얼마든지 거리를 벌리면서 즉각 해소해야 하는 천산설영기로 흑호령주를 귀찮게 할 수 있다.

흑호령주는 저돌적인 자. 냉정하게 거리를 유지하며 싸운다면 승리를 쟁취할 수도 있을 것이다. 그런 면에서 백단화는 흑호령주와의 싸움에서 자신이 강비보다 승률이 높다고 생각했다.

'차라리 내가 나섰…….'

순간, 뭔가 번뜩이는 것이 그녀의 머리를 스쳤다.

그간 보여주던 강비의 행동.

혜정 대사와 지내며 훨씬 차분해진 강비의 성정.

유령군주 등과의 싸움 전, 전술을 짰던 그의 머리.

곽동산을 앞에 두고 필요 이상으로 투지를 불태우던 눈빛.

'설마?'

백단화의 눈에 조금씩 기대감이 차올랐다.

그녀의 머리를 관통한 하나의 의문. 그 의문은 구체적인 사실이 되어 곧 하나의 영상을 그리기 시작했다.

그리고 그 영상은 그대로 격전 속에 녹아들었다.

마주 질러진 흑창(黑槍)과 흑도(黑刀)가 거세게 부딪쳤다.

쩌어어엉!

'강하다.'

확실히 곽동산은 강했다.

열 달 전, 그때의 그와는 또 달랐다. 아니, 그때는 그의 진면목을 파악할 눈이 없던 것일까?

마주쳐 보니 알겠다.

곽동산은 강하다.

철마신보다도 더 강하다. 똑같은 도법의 고수들이지만, 철마신이 늑대라면 곽동산은 호랑이다. 한 수 이상을 넘나드는 무공 경지에, 철마신을 압도하는 패기와 투지까지 갖춘 자다. 저돌적인 성향, 그 신들린 듯 휘두르는 도법도 그의 성향에 꼭 맞았다.

성격과 무공이 일치되니 몰아치는 무공에는 한 점의 망설임도 없다. 한 수, 한 수를 받아내기가 힘들다. 손목부터 시작한 통증이 어느새 어깨를 넘어 등뼈까지 울렸다.

퍼어엉!

극히 미세한 차이로 피해낸 장법이다.

곽동산에게는 패도적인 도법 말고도 강력하기 짝이 없는 장법이 있었다. 유령군주의 장법처럼 음험하지도 않고, 천랑군주의 장법처럼 빠르지도 않다.

하지만 그들보다도 위협적이라는 느낌이 들었다.

적시적소, 빈틈과 빈틈 사이에 질러 넣는 장법이라 그렇다. 장법 자체도 뛰어난 절기이지만, 싸움의 흐름을 바라보는 안목이 신의 경지에 이르러, 장법의 효율을 최고조로 올리고 있던 것이다.

퍼어엉!

사모창과 직도를 가로질러 막았지만, 상반신이 크게 뒤로 튕겨졌다. 투신보의 보신경으로 자세를 잡지 않았다면 큰 빈틈을 만들어줬을 터.

'확실히.'

싸움에 타고난 자다.

강비는 몰아쳐 오는 곽동산을 보며 자신과 비슷한 부류를 만났다는 생각이 들었다.

익힌 내공 심법의 차이랄까? 그와 같은 경지를 뚫고 나서 강비는 이전보다 훨씬 차분해졌다. 세상을 바라보는 나른하던 눈빛도 상당히 옅어져서, 이전의 그와 충분한 차이를 보이고 있었다.

도가의 신공(神功)이라 그렇다.

하지만 곽동산은 그렇지 않았다.

도가의 신공이 아닌, 전투에 특화된, 굉장히 거친 내공 심법을 익힌 모양이다. 상중하, 세 단전의 일통을 이뤄냈음에도 그 성정이 이리 강렬하다는 것은 그가 익힌 무공 자체에 이유가 있을 것이다.

'그래서…….'

강비의 눈이 번뜩였다.

'틈을 만들 수 있다.'

틈.

곽동산의 무공은 이미 완벽의 경지에 올라 있었다. 과격한 무공 덕택에 행동 사이사이에 빈틈을 흘리고 있지만, 그 빈틈을 없앨 만한 위압감과 공격력이 있다. 함부로 빈틈을 노리다가는 이쪽의 목이 달아난다.

감히 공격할 수조차 없게 만드는 위압감.

그것이 바로 곽동산이다.

하지만 육체의 빈틈이 아닌, 심리의 빈틈을 노린다면?

그의 머리를 뒤흔든다면 눈에 보이는 빈틈이 점점 더 벌어질 것이고, 그렇게 되면 한 창 찔러 넣기에 부족함이 없어지리라.

쩌저저정! 사각!

미친 듯이 얽히는 창과 도.

그 사이를 뚫고 곽동산의 팔뚝에 일격을 먹인다.

너무도 미세한 상처. 거의 할퀸 것이나 다름없는 공격이지만, 곽동산의 눈동자는 더욱 깊은 투지를 일으키고 있었다. 그 상처에 자극을 받은 모양이다.

파바바박! 카아아앙!

'큭!'

이건 크다.

두 손으로 흑도를 쥐고 크게 휘둘렀는데 도무지 피할 수가 없었다. 사모창과 직도로 막았으나 몸이 붕 떠서 날아가 버린다.

콰앙!

기어이 땅에 발을 박았지만, 충격이 상당했다. 전신의 관절이 삐걱거리는 느낌, 산사태를 맨몸으로 막은 것 같은 충격이었다.

그러나 고개를 드는 강비의 눈 역시 곽동산 못지않은 투기로 일렁였다. 아니, 그것은 투기를 넘어 광기라 해도 손색이 없었다. 호천패왕기, 패왕신공을 극성으로 끌어 올리자 전신 가득 적색의 화염이 이글거린다.

그의 눈을 본 곽동산이 크게 웃었다.

"좋아! 아주 좋아!"

무엇이 그리도 좋은 것일까?

질주하는 곽동산. 허공에 흑색의 선 하나가 만들어졌다고 착각이 들 만큼 빠른 속도다. 한시라도 빨리 호쾌한 승부를 벌이고 싶다는 마음, 그 강인한 마음이 여기까지 전해지고 있었다.

그렇게 두 사람 사이의 공간이 급속도로 좁아지는 순간.

패왕진기가 치솟고, 광기 너머에 있는 냉정함이 눈을 뜬다.

한순간에 달라지는 변화. 너무도 빠른 변화이기에 쉽사리 눈치챌 수가 없다. 그러나 곽동산은 타오르는 강비의 기도에 무언가 변화가 있음을 느꼈다.

피유우우웅!

곽동산의 눈이 찢어질 듯 커졌다. 동시에 그의 몸이 좌측으로 튕겨졌다.

퍼어엉! 퍼엉!

빛살과도 같은 속도로 쏘아진 직도와 비수 한 자루다. 그의 머리와 심장을 노리고 날아간 살벌한 살기. 제아무리 곽동산이라 해도 피하지 않고는 도리가 없던 것이다.

단 한 번의 당황.

강비의 두 손이 사모창을 꾹 쥐었다.

쩌저저정!

무자비한 난격(亂擊)이다. 흑색 사모창으로 펼치는 광룡창식, 광룡화란이다.

존재 자체를 소멸시켜 버릴 듯한 신들린 공격에 곽동산이 처음으로 두 걸음 뒤로 물러선다. 방어보다 공격, 공격에는 더 강한 공격으로 나서던 그의 무공체계를 뒤바꾸는 순간이었다. 그 말인즉, 이 전투가 싸움이라는 개념으로 몰고 간 강비가 생사혈전으로 그 개념을 바꾼 순간이기도 했다.

쩌정! 퍼억!

그간 보여주지 않던 야왕신권이 드러난다. 급박하게 펼친 장법을 흘려내고, 오익사의 탄지(彈指) 두 발을 쏘아낸다.

퍼엉! 쩌엉!

한 발은 피했으나, 한 발은 칼로 막는다. 날카롭게 쏘아진 지법, 간담을 서늘하게 만드는 공격이었다.

곽동산의 얼굴이 일그러지고, 강비의 눈이 냉정하

게 굳어져 간다.

후우웅.

찰나에 찰나를 쪼갠 그 순간.

적당한 거리를 알아서 벌리도록 지공을 펼쳐 낸 그가 사모창에 패왕진기를 잔뜩 불어넣었다.

사방에서 붉은색 바람이 회오리치며 모여든다 싶은 순간.

부아아앙! 콰아앙!

실로 오랜만에 펼치는 광룡창식 회천포 일격이다.

무자비하게 몰아치는 창격의 폭발에 곽동산의 몸이 삼 장 거리 뒤로 튕겨 나갔다. 공간을 들끓게 하는 열기에 차가운 겨울바람이 소스라치게 놀라 달아나는 느낌이다.

"이놈이!"

방어와 동시에 공격이다. 확실히 곽동산은 굉장한 고수였다. 회피와 방어에 이은 공격 사이의 시간이 번개와도 같다. 동작 전환이 엄청나게 빨랐다.

순식간에 머리를 노리고 내려 찍히는 흑도.

투신보를 밟으며 머리가 쪼개지는 걸 겨우 피했다.

그러나 그 반경 안에 들어간 도풍이 강비의 팔뚝을 베었다. 곽동산이 직도 일격으로 상처를 입은 그 부위였다. 상처의 깊이도 비슷하다.

그러나 다음 일격은 제아무리 곽동산이라도 상상하지 못했다.

짜악!

"크윽!"

아무런 내공도 싣지 않은 손등이 그의 눈두덩이를 후려친다.

위압감과 살기를 제거하기 위해 직선 일로, 가장 빠른 선(線)을 가로지른 것이다.

순식간에 곽동산의 두 눈이 눈물로 가득해졌다. 제대로 눈을 뜨기도 어려울 지경. 그 틈을 노린 강비의 발이 곽동산의 턱을 노렸다.

터엉!

겨우겨우 피해내는 곽동산.

그 짧은 거리, 불의의 일격을 당했음에도 회피 능력에 이상이 없다. 놀라운 순발력. 그러나 강비의 표정에는 변함이 없었다. 그 정도는 충분히 예상했다는 듯 도리어 엇나간 발에 제동을 걸어 다시 오던 길로 되돌려 보낸다.

팍!

"크아! 이 새끼가!"

이번에는 제대로 턱에 들어갔다. 들어갔으되, 이번에도 내공을 싣지 않았다.

강비 정도로 몸이 단련이 되었다면 내공을 쓰지 않아도 그 무시하지 못한 힘을 발할 수 있다. 하지만 곽동산 역시 천고의 고수. 기어이 턱에 맞은 일격에도 고개를 빳빳이 든다.

눈과 턱에 들어간 이격.

그러나 아무런 내공도 실지 않은 공격.

곽동산의 몸에 일던 투기가 살기로 뒤바뀐다.

"감히! 날 농락하려 해?!"

휘이익!

말을 들어줄 시간이 없다. 사모창이 한 마리 뱀처럼 기기묘묘하게 휘어 올라가 곽동산의 팔목을 후려쳤다. 창날로 베는 것이 아닌, 창신으로 두들긴 일수다.

터엉!

그의 손목이 허공 높이 튕겨졌다.

흑호신도, 칼이 아니라 다른 손목을 봉쇄한 것이다. 이왕이면 벨 수 있었으면 좋았겠지만, 좌수 장법을 봉인시켜 놓은 것만으로도 충분한 수확이다.

"크아아!"

하반신을 노려오는 일도(一刀).

'크다. 막을 수 없어!'

찰나지간에도 곽동산의 공격력은 빛을 발했다. 강비의 몸이 서둘러 뒤로 물러섰다.

콰쾅!

땅거죽이 뒤집혔다. 무시무시한 일격. 그 짧은 순간에 이리 거센 공격을 가할 수 있다니, 놀랍기 그지없었다.

한껏 거리를 벌린 강비가 사모창을 탈탈 털었다. 마치 뭐라도 묻었다는 듯.

"정신 좀 드나?"

"이 빌어먹을 자식!"

피이이잉!

그렇게 분노를 쏟는 와중에도 빛살 같은 비도술을 용케 피해낸다. 으르렁거리는 곽동산. 살기 어린 눈빛이 당장에라도 강비를 찢어 죽일 것만 같았다.

'좋아, 잘 달궜군.'

몇 번의 공격으로 곽동산의 분노는 훨씬 커졌다. 강비의 공격이 적절했다기보다 곽동산의 성격 탓이 컸다.

이전에 보여온 강비의 행동.

오랜만에 호쾌한 명승부를 펼칠 수 있겠거니 했는데, 갑작스레 비도를 날리지 않나, 내공을 싣지 않은 손으로 눈두덩이를 가격하는가 하면, 턱을 차기도 한다.

호쾌한 무공으로 호쾌한 승부를 원한 곽동산. 상대를 자신과 비슷한 부류라고 생각해 온 그 개념이 깨진 것이다. 알 수 없는 배신감에 불타오르는 것이다.

곽동산이 싸움꾼이자 승부사라면…….

강비는 전장의 장수와 같다.

어떻게 해서든 이긴다. 싸움을 즐기는 것이 아니라 전투에서의 승리만을 원한다. 승리를 위해서라면 편법도 마다하지 않는다. 그런 것은 도가의 신공을 익혔다고 하여 뒤바꿀 수 없는 것. 이를테면 강비의 천성이자 그의 삶 자체라고 할 수 있겠다.

실전(實戰)의 화신(化身).

콰아앙!

강비의 발이 대지를 밟았다.

엄청나게 탄력적으로 나아가는 몸. 투신보의 힘을 이어받아 창격을 내지르니, 광룡창식, 광룡등천(狂龍登天)이다.

아래에서부터 휘몰아치는 창격의 연환식에 곽동산의 흑호신도가 반월형 도풍을 일으켰다. 압도적으로 쏟아지는 경력에 흑호의 살기를 담는다. 맹호십도(猛虎十刀) 중 호아참(虎牙斬)이었다.

쩌저저정! 콰앙!

두 사람의 창과 도가 미친 듯이 얽혀들었다. 경력의 폭발에 대지가 신음한다. 땅거죽이 여기저기 터지면서 두 사람 사이로 무시무시한 흙바람이 일었다.

쩌적! 쾅!

창대를 휘돌려 흑도의 도신을 때린 후, 사모창의

창날로 곽동산의 얼굴을 노린다. 창과 도의 대결, 마땅히 거리를 벌려야 할 텐데도 근접전으로 파고든다.

곽동산의 눈에 흉광이 떠올랐다.

퍼억!

"큭!"

이번 건 피할 수도, 막을 수도 없었다. 흑호신도의 도병 끝으로 가슴에 일격을 당한 강비다. 비칠비칠 물러나는 와중 곽동산 역시 세 걸음을 물러난다. 그의 좌측 복부에는 손가락만한 구멍이 하나 뚫려 있었다.

창대로 얼굴을 치려한 것이 허초.

튕겨 나가기 전, 엄지손가락에 야왕신권의 초식을 응용해 복부를 찍어버린 것이다.

"이, 이!"

결투 도중 충분히 입을 수 있을 만한 상처였다. 이보다 더 심한 상처를 입은 적도 있었다. 그러나 상대에게 큰 분노를 느끼는 와중에 입은 상처라는 게 문제다. 곽동산의 눈에 떠오른 흉광이 그 도를 더해만 갔다.

"이놈!"

빛살처럼 쏘아져 들어온다.

전신의 진기를 폭발이라도 시킨 듯했다. 강비의 눈이 번쩍였다.

곽동산이 승부를 걸었다는 걸 깨달은 것이다.

강비의 몸이 절로 후방을 향해 물러섰다.

"도망가게 놔둘 성싶으냐!!"

엄청나게 빠르다.

물러서는 강비의 속도도 빠르지만, 질주하는 곽동산의 속도는 더 빨랐다. 지금까지 본 움직임 중 가장 빠르다.

순식간에 좁혀지는 거리.

그때였다.

까가각!

강비의 신형이 덜컥 멈춰 서버렸다.

물러서며 회천포를 장전한 강비. 그의 사모창이 세 번이나 허공을 터트렸다.

콰콰쾅!

회천포 세 발.

곽동산이 피를 토하며 뒤로 물러선다. 마주 오던 속도가 워낙에 빨라 그 내상이 더 크다. 어떻게든 막아섰으나, 상반신 전체가 피에 물들어 있었다.

강비의 상태라고 좋을 건 없었다.

'부러졌다. 제길!'

우측 갈빗대 세 대가 나갔고, 오른 상박이 뚝 분질러졌다. 패왕진기를 끌어 올려 어긋난 뼈를 제자리로 돌렸지만, 이 상태로는 사모창을 휘두를 수 없다.

설상가상이었다.

휘이이잉!

안면을 노리고 질러지는 장력.

놀랍게도 봉쇄한 왼손을 들어 장법을 펼친 것이다.

'내줘야 해.'

퍼억!

기껏 맞춰둔 오른팔이 뒤로 튕겨 나가 너덜거렸다. 동시에 강비의 왼손이 가슴을 훑어 곽동산을 향했다.

터어엉!

두 자루 비수가 곽동산의 왼팔에 박혔다. 뼈를 건드릴 정도로 깊게 박힌 비수. 심장을 노린 일격이었는데 기어이 몸을 틀어 막았다.

강비와 곽동산은 숨을 몰아쉬며 서로를 노려보았다.

'오른팔은 포기한다.'

사모창은 어느새 저 뒤로 날아가 땅에 박힌 상태였다.

상박의 뼈는 물론, 팔뚝의 뼈까지 부서졌다. 팔을 타고 오르는 경력의 무자비함에 내상까지 입었다. 설마 하니 파괴된 기혈에 탈골까지 되었음에도, 그 손을 들어 장법을 펼칠 줄이야 생각도 못했다.

"제기랄! 이런 더러운 흙탕물 싸움은 재미가 없단 말이다!"

팔에 박힌 비수를 빼내며 외치는 곽동산이다. 전신이 피에 물들었음에도 기세가 죽지 않았다.

강비는 진기로 오른팔과 갈빗대를 맞추며 앞으로 걸어 나갔다. 그 걸음은 일견 여유롭기까지 했다.

곽동산의 눈에 의아함이 떠올랐다.

저놈이 또 무슨 짓을 하려나 싶은 것.

피유우웅!

왼손이라고 못할 바 없다. 가죽띠에 장착된 비수 세 자루가 순식간에 공간을 가로질러 곽동산의 머리와 가슴을 노렸다.

"이 새끼가 끝까지!"

퍼어엉!

묵직한 도풍에 비수 세 자루가 하늘 높이 날아갔다.

하지만 그건 그의 실수였다.

그것은 피했어야만 하는 공격.

음험한 살기 두 가닥이 곽동산의 상반신으로 쏘아졌다. 비수 뒤에 숨은 오익사 탄지 두 발이다. 흥분한 곽동산으로서는 당장 막을 수가 없는 공격들.

기겁한 그가 몸을 뒤틀었지만, 두 줄기 지풍은 그의 오른쪽 어깨를 뚫고, 이전 엄지손가락으로 구멍이 뚫린 복부에 다시 한 번 상처를 냈다.

퍼벅!

"크윽!"

곽동산이 칼을 떨어트렸다. 작지만 어깨에 구멍이 났다. 쥐려면 충분히 쥘 수는 있겠으나 애써 막은 복부가 또다시 뚫렸다.

타오르는 통증은 정신력으로도 어쩔 수 없던 것이다.

어느새 다가온 강비가 곽동산을 발로 찼다. 초식이라 할 만한 것이 아니었다. 그냥 빠르게 거리를 좁혀 차버린 것이다.

퍼억!

붕 날아간 곽동산. 몸을 틀어 뒹굴지는 않았지만, 청목검을 쥔 강비가 어느새 하늘 높은 곳에서 떨어져 내렸다.

강비의 눈에 냉정한 빛이 발해졌다.

콰직!

"크아아!"

몸을 세운 곽동산이 기어이 땅에 누운 순간이었다.

녹청색의 요요한 빛을 발하는 청목검이 그의 복부를 찍어 대지에 고정시켰다. 검신의 삼분지 이가 땅에 들어갈 정도로 깊게 박혔다.

결착, 승부 종결이었다.

*　　　　*　　　　*

"왜 날 죽이지 않지?"

곽동산은 담담하게 물었다.

싸울 때는 그렇게 살벌하기 짝이 없더니, 막상 드러눕게 되자 여유를 찾은 모양이다.

강비는 고개를 저었다.

"굳이 죽일 필요가 있나 싶군."

"웃기는군. 싸움에 기만을 섞어 날 죽이려는 공격, 수도 없이 받았다. 지금에 와서 죽일 필요를 느끼지 않는다? 거짓말이다."

그랬다. 거짓말이었다.

강비는 솔직하게 말했다.

"당신을 죽이면 저 흑호령들이 어떻게 나올지 알 수가 없으니까."

"내 약속을 믿지 않은 건가?"

"나는 적을 믿지 않아. 당신 성정이라면 충분히 믿을 만하다고는 생각한다."

"한데 왜?"

"당신이 약속을 지킬지라도 저들은 그러지 않을 것 같으니까."

강비의 시선이 충격으로 얼룩진 흑호령들을 향했다.

하나같이 믿을 수 없다는 기색이다. 그 불신의 눈빛 너머에는 타오르는 살기가 섞였다. 당장에라도 달려들 것 같은 눈빛이다.

곽동산이 쓴웃음을 지었다.

"웃기는 소리로군. 너는 내 수하들을 잘못 봤다. 저들은 내가 직접 훈련시킨 무사들이야. 내가 약속을 했으니, 심사는 뒤틀릴지언정 약속은 지켰을 것이다."

"설령 그렇다 해도 이런 걸로 도박하고 싶은 생각은 없군. 알다시피 이쪽이 좀 심각해."

"심각한 건 똑같다."

"아니, 달라."

강비의 눈은 격전의 여운으로 여전히 붉었다.

"당신은 싸움을 건 것이지만, 나는 목숨을 걸었어. 애초에 심각성의 농도가 달라."

“나에게 싸움이란 곧 생이고 목숨이다. 같잖은 소리를 하는군.”

“그렇게 말한다면 나 역시 할 말이 없다.”

강비는 바닥에 풀썩 주저앉았다.

전투가 끝났다고 생각하니 벌써부터 머리가 띵한 것이다. 곽동산만큼의 출혈은 없지만, 그야말로 전신전령을 다 건 승부였다. 이왕이면 상대를 죽이지 않는 선으로 마무리 짓도록 노력까지 했다. 심력 소모가 그만큼 컸다는 것이다.

“야, 이제 이거… 검 빼줘.”

“졌다고 인정하고 수하들을 옆으로 물려.”

곽동산의 눈이 살벌해진다.

“내 입으로 다시 그런 말을 하라고? 날 두 번 죽일 셈이냐?”

“그렇게 계속 있고 싶으면 그러든지.”

“망할 놈, 어지간히 의심이 많군.”

“말했잖아. 나는 적을 믿지 않아.”

묘하게 정감 있는 대화였다.

곽동산은 가볍게 한숨을 내쉬었다.

"기분이 더럽군."

"패자가 안아야 할 숙명이지."

"그래서 더러운 게 아니다."

"그럼 뭐가 더러운데?"

"호쾌하게 싸워서 졌다면 이런 기분이 들지 않았을 거다. 하지만 넌 나를 기만했고, 일부러 격동시켰어. 그래서 싸움이 쓸데없이 난잡해진 거다."

"웃기는 소리. 싸움과 전투는 다르지 않아. 전투에서의 승리란 반드시 쟁취해야 하는 법. 심리전도 전투의 일부다. 그냥 싸움이 좋으면 아무나 잡고 비무나 해."

서로의 인생관, 강호를 살아가는 시선을 여실히 보여주는 대화였다. 비슷하면서도 다른 남자들이다.

곽동산은 몇 번 눈을 깜빡이더니 말했다.

"졌다."

"좋아."

푸욱!

청목검이 깔끔하게 빠져나왔다. 곽동산은 인상을 있는 대로 찌푸렸다. 긴장이 풀리니 엄습하는 통증도 크다. 복부에서 피가 울컥, 쏟아져 나왔다.

내공으로 출혈을 막고 내장이 튀어나오는 걸 단단하게 쥔다. 비틀거리면서 일어나지만, 곽동산의 체력은 대단한 것이었다. 아무리 고수라도 그만한 중상에 일어나긴 벅찰 터였다.

“너.”

“왜.”

“다음에 붙을 때는 이런 잡스러운 짓 하지 마라.”

이 와중에도 다음 승부를 기약한다. 천성이 싸움을 좋아하는 자다. 강비는 피식 웃었다.

“우린 더 만날 일 없을 거다.”

“재미난 소리를 하는군.”

어쩐지 의미심장한 말투였다. 강비의 눈썹이 좁혀졌다.

“너, 암천루 소속이잖아?”

“그런데?”

“이 전쟁은 금방 끝날 성질의 것이 아니야. 네가 이 전쟁에 참여한 이상 어떤 식으로든 본 성과 부딪칠 거다.”

"그때는 당신이 다시 나서겠다?"

"당연하지. 이런 시시껄렁한 승부는 인정하지 않아."

뭔가 어린애가 떼쓰는 것 같았다. 강비는 피식 웃었다.

"설령 다시 부딪친다 한들, 오늘보다 더 난잡했으면 난잡했지, 호쾌한 승부 따위는 없을 거다."

"이유는?"

"암천루의 강비로서 나설 때, 나는 의뢰를 수행하기 위해서 무슨 짓이라도 할 거다. 그 와중에 호쾌한 승부? 그딴 걸 하겠어? 이보다 더 더러운 짓도 마다하지 않을 거야."

이보다 더 더러운 짓이 또 있을까 싶은 얼굴로 곽동산이 툭 내뱉었다.

"미친놈."

몸을 휙 돌리더니 휘적휘적 걸어간다.

"안 막을 테니까 꺼지든지 말든지 마음대로 해."

그렇게 다쳤으면서 용케 육중한 칼을 든다. 그것이 한계였겠지만, 칼을 들 수 있다는 게 더 놀랍다. 양팔이 다 움직일 수 없는 상태에서 할 수 있는 짓이 아니었다.

강비는 비칠비칠 일어나 일행에게로 다가섰다.

위진양이 한숨을 내쉬었다.

“다행히 이겼군.”

“운이 좋았소.”

백단화가 방긋 웃었다.

“속을 뻔했어요. 심리전이었나요?”

“심리전? 심리전이라고 말하기 민망할 정도로 급이 낮은 거요. 흑호령주에게만 쓸 수 있는 저급한 짓거리였소. 어지간한 고수들에게는 통하지도 않을 수였지.”

“그 저급한 짓 덕분에 이겼잖아요. 인질도 지켰고. 그럼 된 거죠.”

그랬다. 그럼 된 거다.

민비화는 도도하게 다가서더니 한마디 툭 내뱉었다.

“몸은?”

“괜찮다.”

"아주 박살이 났는데?"

"까불지 마. 이 상태로도 너 같은 건 한 주먹감이니까."

당연히 말도 안 되는 소리였다. 가볍게 한숨을 쉬었다.

"앉아요."

"왜?"

"응급처치는 하고 가야 할 거 아니에요? 그렇게 피 줄줄 흘리면서 갈 수 있겠어요?"

먼저 이렇게 상처를 봐주겠다니 뜻밖이다. 강비는 묘한 눈으로 민비화를 보다가 고개를 끄덕였다. 상대가 큰맘 먹고 말했다는 걸 깨달은 것이다.

그렇게 진기로 뼈를 맞추고, 민비화의 술법으로 기를 활성화시킨 강비다. 그가 치료를 받을 동안 위진양과 백단화는 쏘아낸 비수들과 사모창, 직도를 챙겼다.

위진양은 직도와 사모창을 들고는 떨떠름하게 말했다.

"이렇게 아무것도 안 하고 관전한 건 처음인데 말이

야……. 강 아우, 자네 참 별스럽게 무공을 쓰더군.”

“덕분에 이겼잖소.”

“그런 말을 하는 게 아니야. 창술과 도법을 용케도 섞어 쓰더군. 거기에 비수도 날리고 주먹질에 체술에… 그 복잡한 게 어떻게 되는지 이해할 수가 없어.”

“손에 익으면 못할 것도 없소.”

“뭐, 자네가 괜찮다니 할 말은 없네만… 아무래도 좀 줄이는 게 낫지 않나?”

“줄일 때가 되면 알아서 줄일 거요.”

강비의 말에 백단화가 고개를 끄덕였다.

“강 공자가 알아서 할 일이겠죠.”

혜정 대사와 지냈던 시간 덕분일까, 백단화는 위진양보다 훨씬 더 강비를 잘 이해하는 것 같았다.

“흑호령은?”

“갔어요.”

어느새 사라진 검은 호랑이들이다.

소리도 없이 사라지는 능력. 강비는 놀랐다. 고갈된 진기에 내상도 제법 깊다지만, 흑호령이 사라지는 줄도 몰랐던 것이다.

"대단한 인간들이군."

"괜히 최강이라는 칭호가 붙은 게 아니죠."

"이봐, 민비화."

"왜요."

"너는 이제 어떻게 할 거야? 끝까지 날 따라올 거야?"

민비화가 눈을 멀뚱히 떴다.

"갑자기 뭔 말이에요?"

"비사림이 엮이고, 무신성까지 찾아왔어. 이왕이면 고수랑 같이 있는 게 나을 텐데."

이미 곁에 백단화라는 걸출한 고수가 있지만, 강비가 하는 말은 그런 의미가 아니었다.

강비에게는 적이 많다.

물론 그 적이 민비화에게도 같은 적이 되겠지만, 강비는 같으면서도 다르다고 생각했다.

삼대마종은 전쟁 중이다. 그들에게 법왕교주와 그 휘하 무사들은 무조건 죽여야 마땅할 배신자이겠으나, 전쟁 자체에 큰 걸림돌이 되지는 않는다. 즉, 우선순위에서 배제된다는 뜻이다.

걸리면 죽이겠지만, 적극적으로 찾아 나설 때는 아니라는 것.

그러나 강비는 다르다.

암천루에 돌아가서도 아마 천의맹 측의 의뢰를 받아 일할 것이고, 삼대마종 역시 강비를 죽이기 위해 온갖 수를 다 쓸 것이다. 특히 비사림은 작정하고 덤벼들 것이 빤했다.

민비화와 백단화는 강비의 말을 이해했다.

"소림으로 가보는 게 어때? 남도 아닐 거고. 혜정대사께서도 그쪽 분이시니 박대하진 않을 것 같은데."

"그냥 당신 따라갈래요."

의외의 대답이다.

"나 따라다녀도 뭐 얻을 게 없어. 오히려 사선에 설 기회만 많아질 거다."

"그래서예요."

"뭐라고?"

"그래서라고요."

그녀의 눈은 그 어느 때보다도 굳게 빛나고 있었다.

흔들리지 않는 강함이다. 오히려 사선이기에 따라가겠다는 섣부른 판단이 아닌. 마음 깊숙이 다짐한 의지가 엿보인다. 그 의지는 '강함'을 바탕으로 환하게 빛났다.

강비는 고개를 끄덕였다. 그녀의 마음을 이해할 수는 없지만, 뭔가 다짐을 하고 있다는 건 알 수 있었다.

"하긴, 죽고 싶으면 뭔들 못하겠어."

"당신보다는 오래 살 거니까 걱정 마시죠."

한동안 보여주지 않던 날선 농담들이 오갔다. 백단화는 웃었고, 위진양은 어깨를 으쓱였다.

"이제 거리도 얼마 안 남았겠다, 나는 이만 먼저 출발할까 하네."

강비는 고개를 끄덕였다.

"알겠소."

"어? 그게 전분가? 뭔가 아쉽다는 기색이라도 보여줘야 하는 거 아니야?"

"오히려 왜 지금 떠나나 의아해하던 참이었소. 개방에서 처리할 일이 많지 않소?"

두 사람의 눈빛이 얽혔다.

위진양의 입가에 미소가 드리워졌다.

"루주에게 안부 잘 전해주게."

"그러겠소."

"조만간 다시 만날 걸세. 민 소교주도, 백 단주도 몸조심하시오."

강비는 아닐지언정 두 사람은 제법 당황했다. 그래도 사선을 함께 헤쳐온 탓인지, 이리 갑작스레 떠나겠다니 섭섭함을 감추기 힘든 것이다.

"너무 아쉬워하지 마시오. 저 친구를 만날 때, 같이 만날 것 같으니까. 물론 감이오."

마지막까지 희희낙락, 능글능글한 말투다.

그렇게 위진양은 광호를 끌고 먼저 나섰다.

천천히 노을이 지고 있었다. 싸늘한 바람이 땅을 할퀴고, 얼마 떨어지지 않은 강바람이 땅을 타고 올라 일행의 몸을 누비다가 지나갔다.

다시 황산에서 출발하던 때의 인원만이 남았다.

강비는 몸을 이리저리 휘돌렸다. 오른팔은 움직이지 못하는데다가 부러진 갈비뼈 때문에 큰 동작은 무리겠지만, 걷는 것은 할 수 있었다.

"자, 가볼까."

"암천루인가 하는 곳으로 가는 건가요?"

"응."

암천루.

용곤문 의뢰 건으로 나선 것이 작년이다. 편하게 술을 마시고, 무공을 연마하고, 의뢰가 생기면 뛰쳐나가 해결하고, 다시 돌아와 상처를 치료하는 삶.

일 년 만에 돌아가는 길이었다.

또 다른 위협이 있을지도 모르는 길.

그러나 간만에 아는 얼굴들을 본다는 생각이 들자, 강비의 얼굴에도 미소가 드리워진다. 티는 내지 않았지만, 이미 암천루 식구들은 그에게 있어 가족에 다름이 아니다.

휘이익!

천천히 걸어가려는 일행 앞으로…….

일남일녀가 먼저 나타났다.

강비의 눈이 커졌다.

"어? 벽란?"

"강 공자!"

벽란과 등효가 마침내 강비 일행과 만났다.

* * *

추운 겨울. 그러나 바람은 불지 않는다. 하늘 높은 곳에서는 보름달이 창가를 뚫고 지나와 일행을 비추었다. 활활 타오르는 장작불 때문인지 음영(陰影)이 제멋대로 춤추고 있었다.

등효는 가볍게 한숨을 쉬었다.

"안타깝군."

"뭐가 말이오?"

"이번에는 내가 구해줘서 쌓은 빚 없애려고 했더니만, 이미 다 해결했을 줄이야."

농담이 어울리지 않는 사람이 농담을 건다. 강비와 벽란의 입가에 미소가 드리워졌다.

"참, 이거 받으시오."

강비가 건넨 것은 용아창이었다. 검은 천으로 둘둘 말았지만, 부적으로 신기를 감싸지 않은 덕분에 여전한 신비로움을 뽐내고 있었다.

등효의 눈이 헐벗은 나뭇등걸에 기대둔 사모창으로 향했다.

"하나 새로 뽑았소?"

"그렇소."

"용아창, 무기한 대여가 가능하오만."

가지고 싶으면 가지란 소리였다. 강비는 고개를 저었다.

"됐소."

"아니, 천하의 신병을 놔두고 왜 사모창을 구한 거요? 물론 저것도 예사 창은 아닌 것 같지만. 내가 당신에게 맡긴 순간부터 저 물건은 당신 거요."

"부담스러운 신병이기보다 나는 저 사모창이 훨씬 마음에 드오."

등효는 가만히 강비를 바라보았다.

진심인 것 같았다. 하긴 이런 걸로 농담할 사람도 아니거니와, 농담을 할 필요도 없다.

"저거, 생각보다 골치 아픈 물건인데……."

솔직한 심정이었다.

저 물건과 암천루 본단에 놔둔 두 자루 신검 때문에 얼마나 쫓겨 다녔는가. 선대의 바람, 올곧은 주인에게 맡겨야 할 의무가 있지만, 이왕이면 강비가 맡아줬으면 하는 마음인 것이다.

"그나저나……."

그의 시선이 천천히 민비화와 백단화에게 향했다.

'다시 봐도 정말이지…….'

등줄기가 서늘해질 만큼 대단한 기도다.

민비화만 해도 만만치가 않다. 무공도 무공이지만, 벽란에게서 느껴진 신비로운 기도가 저 처자에게 있었다.

백단화는?

'엄청난 고수.'

눈앞으로 서문종신, 천랑군주의 얼굴이 스쳐 지나간다.

차가움과 단아함이 공존하는 미모. 나이도 자신보다 어려 보이는 여인네가 엄청난 기운을 품고 있었다.

이전보다 훨씬 강해진 지금의 등효로도 백단화의 무공을 감당할 자신이 없었다.

"그러고 보니 아직 소개를 하지 않았소. 나는 등효라 하오."

워낙 밀린 이야기가 많아 수다 떨기 바쁘던 시간이다. 통성명을 하기에는 너무 늦었지만, 분위기는 그리 어색하지 않았다.

"민비화라고 해요."

법왕교의 소교주임을 밝히진 않는다. 백단화 역시 조용히 읍하며 스스로의 이름을 밝힐 뿐이었다.

벽란의 얼굴이 민비화에게로 향했다. 여전히 눈을 감고 있지만, 눈으로 직접 보는 것 같은 행동이었다.

'술법? 아니다. 무공과 술법의 조화. 게다가 불가 쪽의 냄새가……. 법왕교?!'

그녀의 얼굴이 이번에는 강비에게 향했다. 강비는 말없이 고개를 끄덕였다.

등효가 속없이 웃었다.

"대단하시구려. 이 사람 옆에는 대단한 사람들만 모이는군. 암천루 식구들도 하나같이 비범한데, 새로운 일행 역시 상상을 초월하오."

"그러는 당신도 옛날과는 다르지 않소?"

훅 들어오는 강비다. 민비화와 백단화에게 쏟아질 말들을 일부러 차단하는 것이다. 앞으로 알게 될 테지만, 지금은 굳이 둘의 정체를 밝힐 필요가 없다는 생각이었다.

그의 마음을 아는지 모르는지, 등효의 표정에는 어처구니없다는 빛이 떠올랐다.

"날 놀리는 거요?"

"그럴 리가 있겠소?"

"당신이나 저 여협(女俠)에 비하면 난 아직도 새발의 피 아니오? 많이 노력했다고 했는데… 당신, 어쩌다가 그런 괴물이 됐소?"

벽란도 고개를 끄덕였다.

"정말 놀랐어요. 강 공자의 성취가 이리 깊어졌을 줄이야. 대단해요."

사심 없는 칭찬에, 놀라움이었다.

강비는 고개를 저었다.

"도움을 주신 분이 있었으니까. 나 혼자였다면 결

코 여기까지 오르지 못했을 거야."

"도움을 주신 분?"

"혜정 대사."

"천무대종?!"

상상할 수 없는 이름이 나왔다. 벽란은 물론, 등효 역시 깜짝 놀란 기색이었다.

"얘기해 보시오. 어떻게 된 거요?"

"얘깃거리가 좀 많은데……."

"어차피 잠도 안 오잖소! 빨리 말해보시오!"

숫제 앙탈이다. 강비는 피식 웃으며 지난날의 과거를 이야기했다.

그렇게 오랜만에 만난 세 사람은 시간 가는 줄 모르고 대화에 바빴다.

* * *

진관호의 얼굴은 어두웠다.

"아직인가?"

"네. 하북에서부터 산서, 산동의 모든 비선망을 가

동했는데, 아직까지 서문 노인을 발견하지 못했어요."

"제길!"

쾅!

탁자를 손으로 후려치며 일어선 진관호다.

'보내면 안 되었어.'

그의 두 눈에 자책감이 어린다.

무혼조 유소화가 엄살을 부리며 빠져나왔을 때만 해도 별게 있겠나 싶었다. 서문종신이라면, 설령 일처리가 제대로 되지 않아도 한 몸 빠져나오는 데에는 문제가 없을 줄 알았다.

충분히 믿을 만한 사람이었다. 그 성격도, 무공도.

하지만 결과는?

'어떻게 된 것이오?'

서문종신의 툴툴대는 얼굴이 떠올랐다.

언제나처럼 모든 위기를 타파하고 귀환할 수 있을 것 같았는데.

"강비는?"

"벽 여협과 등 대협이 먼저 갔어요. 지금쯤이면 만

났을지도 모르겠네요."

"예상 도착 시간이 언제야?"

"글쎄요, 판단하기 어려워요. 이쪽에서 재촉하도록 정보를 보내봤자 그게 그거예요. 거리가 어중간하거든요."

"빌어먹을!"

다시 한 번 탁자를 내려치는 진관호다.

스르륵 떨어지는 머리카락 사이, 그의 눈이 빛났다.

'시간상 살아 있다면 그리 멀리 떨어지지는 않았을 것이다. 그렇다면 하북에 산동과 산서 사이.'

꽉 쥔 주먹에 힘줄이 돋았다.

"선하."

"네."

"산동, 황보세가주에게 연락 넣어."

당선하는 군말 없이 고개를 끄덕였다.

"알겠습니다."

"하나 더."

"에?"

천천히 몸을 일으키는 진관호.

그의 입에서 비장한 말이 흘러나왔다.

"개방 선풍개에게 연락 넣어. 내가 직접 보잔다 해."

〈『암천루』 제7권에서 계속〉

세상의 모든 장르소설

B북스

장르소설 전용 앱 'B북스' 오픈!

남자들을 위한 **판타지 & 무협,**
여자들을 위한 **로맨스 & BL**까지!

구글 플레이에서 **B북스**를 다운 받으시고, 메일 주소로 간편하게 회원 가입하세요.
아이폰 유저는 **B북스 모바일 웹**에서 앱 화면과 똑같이 이용하실 수 있습니다.

http://www.b-books.co.kr

이제 스마트폰에서 B북스로 장르소설을 편리하게 즐기세요.

BBULMEDIA

BBULMEDIA